行到水穷处，坐看云起时。

国破山河在，城春草木深。

大鹏一日同风起，扶摇直上九万里。

帝国 与 诗人

的

王维、杜甫、李白

大唐回忆录

周朝 著

九 州 出 版 社 | 全国百佳图书出版单位
JIUZHOUPRESS

图书在版编目（CIP）数据

帝国与诗人：王维、杜甫、李白的大唐回忆录／周
朝著 . -- 北京：九州出版社，2024.3
ISBN 978-7-5225-2466-5

Ⅰ . ①帝… Ⅱ . ①周… Ⅲ . ①长篇历史小说－中国－
当代 Ⅳ . ① I247.5

中国国家版本馆 CIP 数据核字（2023）第 208240 号

帝国与诗人 ： 王维、杜甫、李白的大唐回忆录

作　者	周　朝
责任编辑	赵恒丹
出版发行	九州出版社
地　址	北京市西城区阜外大街甲 35 号（100037）
发行电话	（010）68992190/3/5/6
网　址	www.jiuzhoupress.com
电子信箱	jiuzhou@jiuzhoupress.com
印　刷	北京盛通印刷股份有限公司
开　本	787 毫米 × 1092 毫米　32 开
印　张	10.375
字　数	190 千字
版　次	2024 年 3 月第 1 版
印　次	2024 年 3 月第 1 次印刷
书　号	ISBN 978-7-5225-2466-5
定　价	58.00 元

昭昭有唐，天俾万国

—— 贺知章《太和》

目 录

空山新雨

王
维

江河万古

杜甫

扶摇直上

李白

7

空山新雨

王 维

生于武则天长安元年（701年）

卒于唐肃宗上元二年七月（761年）

开元四年

故事要从开元四年（716年）说起。

那年春天，一个叫善无畏的天竺僧人沿着当年玄奘大师所走过的路，不辞万里艰辛跋涉，穿过西域延绵的沙漠和绿洲，终于顺利抵达大唐的都城长安。随行而来的还有他的几个弟子和十几匹骆驼，每匹骆驼都驮着两担沉甸甸的经文。

相传，善无畏本是东天竺乌荼国的国王，为人早慧，十岁便能领兵打仗，十三岁奉父命继承王位，十九岁时因王室斗争而主动禅让，之后就在那烂陀寺出家做了和尚，开启了自己漫长的修行生涯。作为开元年间来长安的首位天竺高僧，那时他已经八十岁了。

善无畏的到来，引得长安城万人空巷，只见道路上彩绸飘扬，人声鼎沸，各地闻讯赶来的僧众与善男信女，从朱雀大街一直排到了安远门。

当今圣人被他执着弘法的精神打动，亲自在兴庆宫以上师之礼接见了他，并准许他留在大唐传教。而这位"密宗初祖"也将不负众望，给大唐佛学带来一股新的风气。

同一年的六月，长安街市上阴雨连绵，圣人的父亲睿宗在太极宫病逝了。

或许是因为父亲的死，又或许是从天竺僧人的经历中看到了自己过去的影子，圣人的内心百感交集，久久无法平静，以至于在某天的早朝大会上，他不顾群臣的反对，毅然做出了一个重要决定——将他祖母的谥号由"则天圣后"降为"则天皇后"。

虽一字之差，却表明了这位年轻的皇帝，对他那位颇具争议的祖母有了重新定调。

唐隆政变

　　也是在那一年，我十五岁，弟弟王缙十四岁。为了一睹天竺高僧的风采，同时也为了参加即将举行的科考，我们第一次从河东蒲州*老家来到长安，这一待便是五年。

　　与善无畏所在的国家一样，大唐的皇室从立国之初就开始频繁内斗。在则天皇后当政的武周时期，这种内斗更是达到疯狂，相继有多名李氏皇族惨遭杀害，给李家蒙了一层浓重的阴影，而圣人便是在这种残酷环境中一路成长起来的。

　　六年前，圣人的伯母韦皇后和堂妹安乐公主因觊觎帝位，合谋毒死了他的伯父中宗李显。当时掌权的太平公主为避免好不容易安定下来的皇室再次动乱，对此秘而不宣，还委命上官婉儿等人草拟诏书，拥立韦皇后的幼子李重茂为帝，改元为"唐隆"。

　　此外，为了达到李唐皇族与韦氏之间的权力平衡，太平

_____
　　*　今山西运城一带。

公主以韦皇后为知政事，以圣人的父亲睿宗——时任相王的李旦为参谋政事，两人相互制约，共同主理朝政。

但韦皇后和安乐公主对此并不满足，竟与宰相宗楚客等人合谋，企图架空相王李旦，并效仿则天皇后临朝称制。结果闹剧才刚刚开始，就被圣人联合太平公主、神武军＊果毅都尉陈玄礼等人在玄武门举兵剿灭了，韦氏母女及其党羽尽被诛杀。

接着，在圣人和太平公主的支持下，睿宗重新登上了大宝，圣人因功被立为太子。但不过两年，据说是因为长安城的上空有彗星出现，坊间传言这是太子登基的预兆，早已厌倦了皇室斗争的睿宗，便顺水推舟把帝位禅让给了圣人，自己则做起了太上皇。

对此，圣人虽几经犹豫，但还是选择了接受。

＊ 唐代禁军之一。

诛杀太平

然刚一登基,圣人便遇到了一个强劲的对手。

不是别人,正是当初和他一起把父亲重新扶上皇位的姑姑——太平公主。

自则天皇后病危,太平公主就因迎立中宗复辟李唐立下大功,深得中宗的信任。后来她又襄助睿宗复位,获封镇国公主,食邑万户,让本就权倾朝野的她,变得更加骄横跋扈。一时间,朝中依附她的党羽如过江之鲫,越聚越多。

睿宗在位时,她便积极参与朝中大小事务,根本不把圣人放在眼里,当圣人还是太子时,她就多次向睿宗进言,要求废黜圣人的太子之位。起初,由于羽翼未丰,圣人对他这位姑姑的行径还默默隐忍,待他登基之后,情况就不一样了。

那是先天二年(713年)的七月,即圣人登基的第二年。太平公主因不满兄长睿宗将朝政大权全部移交给圣人,竟伙同一众拥护她的大臣在家中密谋,打算废掉圣人的帝位。可惜很遗憾，她的计划还没落地就被人告发了。

这一次，圣人终于不再忍让。他果断先下手为强，联合岐王李范、薛王李业、宰相郭元振、内给事高力士等人率军包围了太平公主的府邸，毫无防备的太平公主很快被擒获。不久，圣人下诏赐死了她——这个他祖母生前最宠爱的女儿。

太平公主的陨落，象征着自则天皇后以来，持续三十年的皇室内斗终于彻底结束，而圣人成了最后的胜利者——那一年，他二十八岁。

年轻的皇帝，端坐在龙庭之上，环顾宇内，脸上浮现出一丝莫名的微笑。

是的，一个属于他的时代到来了——开元！

我因身处这样一个时代，而感到自豪。

少年游侠

在大唐有"五姓七望"的说法，太原王氏就是其中之一。

从汉末的司徒王允算起，这一家族中相继有多人位列三公，有女儿成为皇后的，有男儿当上宰相的，亦不在少数——我和弟弟，便是来自这一显赫的家族。

也正因此，我们初到长安就受到王公贵胄们的热情欢迎。

那时候，圣人为了扫除皇族血腥政变给长安城带来的紧张压抑氛围，十分鼓励文艺和娱乐活动。我们每天流连于各色宴席之间，意气风发，与公子王孙对饮，新丰美酒，系马高楼，梦想游侠仗剑街头，抑或像汉代霍去病那样，激荡边庭，成就少年不世之功。

现在回想起来，那真是一段虽然糊涂，却又酣畅淋漓的少年时光啊。

就这样，几年光阴，裘马清狂，一晃而过，甚至连岐王李范也听闻了我们的名声，并经常邀请我们去他家中做客，伴着胡姬歌舞,与众人诗酒唱和,以祝雅兴。

那时候的人都流行写诗,因为写诗可以做官,所以我们也写,但主要是我写。至于弟弟,他似乎对兵法更感兴趣,这也为他后来的人生埋下了伏笔。

除了写诗,我也喜欢画画和弹琴——这些都是母亲从小教我的,由于父亲去世早,她独自一人抚养我们兄弟俩长大。她信佛,我们也信佛。

岐王很喜欢听我弹琴,每回宴会,他都会点名让我给大家弹奏一曲。起初,我对此还颇感兴趣,但时间久了,我便开始腻烦,尤其是在我第一次科考落第之后。

"您知道,我来长安并不只是为了这些。"我鼓足万分勇气,跪拜于地。

"行吧,明天我带你去见一个人。"岐王微微一笑,说道。

入终南山

岐王要带我见的人，是一个道士，更准确地说是一个女道士。这个女道士可不是一般人，她同时还是岐王的妹妹，而岐王的妹妹就是当今圣人的妹妹，并且是最受宠的那一位——玉真公主，因排行第九，故亦称九公主。

岐王说，我想进士及第，必须先过玉真公主这一关。

那时候，玉真公主正隐居在终南山潜心修道——有了之前的教训，皇室成员们大多或主动或被动地退出了帝国的权力核心，有的如岐王，醉心文艺；有的如玉真公主，隐居深山，虽早已不问政事，但作为圣人的至亲，他们的一言一行仍能深刻地影响朝局。

在大唐，信仰是自由的，各种教派并行不悖——儒释道之外，诸如大食教、祆教、景教等也纷纷传到长安。这些肤色、语言、习俗、服饰各异的信徒，成了长安城中一道别样的风景。不过因为皇家姓李，道祖老子据说也姓李，所以总体上道家一直位居诸教之首。

唯一的例外，是在则天皇后当政的武周时期，为了区别于李唐政权，则天皇后对佛家大力推崇，使得佛家也曾一度位居儒释道三家之首，甚至在东都洛阳郊外的龙门，还有依照则天皇后本人容貌雕刻而成的卢舍那大佛，供帝国的臣民瞻仰与膜拜。

但当帝位重归李唐后，道家又再次登顶，各路道士隐者频繁出入宫廷，并且由于圣人本人的大力推行，修道成了和写诗一样的时髦之举，在王公贵族之间颇为盛行。

而我，经岐王的引荐，终于得以踏进玉真公主深藏在终南山间的道观——一座被小河环抱的四合院落，朴素中带着贵气，炊烟袅袅处，空山鸟语，分外怡人。

玉真公主

待鸟鸣初歇，万籁俱寂，终南山间的高人隐士们，便陆续抵达玉真公主的别馆——按岐王事先的安排，我身着乐工的羽衣，以琴师身份为在场的宾客弹奏助兴。

最终，我不负岐王所望，通过一首新近创作的琵琶曲《郁轮袍》，越过宫商角徵羽的弦外之音，将我五年来旅居长安的愤懑与忧愁一扫而空，连玉真公主都赞叹不已。

"琴弹得甚好，此子是何人？"她问。

"他叫王维，是从蒲州来长安应考的学子。"岐王说道。

"既然是学子，何故这般乐工打扮？"她似有些不悦。

"倘若直接让他来见你，我担心会太过唐突了。"岐王说。

"兄长多虑了，此等人才，我自当引荐。"她说。

"既是如此，我便让他换了平日衣裳。"岐王笑道。

随之，当我从后堂换回学子打扮，再次出现在众人的面前时，大家无不点头称赞，纷纷夸道："果然好少年，真乃妙年洁白，风姿郁美。"

而我也看准时机，果断向玉真公主呈上了早已誊抄好的原创诗稿，谁知她竟看得入迷，还说我所呈诗作皆是她平日最爱诵读的佳句，不曾想今日竟遇到了作者本尊。

玉真公主的话，让我惶惑不已，我永远忘不了她那张静默如玉的脸，仿佛看惯了世事沉浮，对人间之事总是报以温暖的浅笑，我想这是修道之人才能养成的恬淡品质吧。

于是，不知是因为玉真公主向圣人的夸耀，还是因为我自己的真才实学，第二次参加科考，我居然成了状元，得魁天下，名扬四海。

那一年，我才二十岁。

黄狮舞案

新科得魁的我，成为朝中万众瞩目的明日之星，很快就被圣人委以太乐丞的职务。

这是个管理皇家礼乐的官，虽然品级不高，但每天都能跟大唐最杰出的一批乐师待在一起切磋技艺，比如李龟年就跟我成了很好的朋友。

甚至连圣人，作为当今天子，也是一位精通音律的全才，在繁忙的朝政之余，也常来乐府中与我们管弦相交，这对我来说未尝不是一种幸运。

至于我的弟弟王缙，似乎对我走玉真公主后门这件事耿耿于怀，并未与我一同参加那次科考，在我高中状元之后，他就独自一人回蒲州老家照顾母亲去了。毕竟他比我年轻，还有机会。

然而，忘乎所以的我，还没得意多久，就因一场乐舞表演让仕途瞬间跌到了谷底。

这就是后来著名的"黄狮舞案"——所谓黄狮舞，是一种只有圣人在场才能表演的舞蹈。怎奈那天我不知为何，兴许是让酒浑了脑子，竟在众人的怂恿下，私自让手下的伶人跳黄狮舞以助酒兴，结果遭人举报，瞬间触犯了天子逆鳞。

于是，荒诞的一幕发生了——昨夜欢歌，我还是乐府中少年得志的太乐丞，第二天醒来，就成了长安狱中待死的囚徒，境遇转变之大，堪称冰火两重天。

最终，还是玉真公主向圣人说情，念我年少，醉酒鲁莽，从轻发落，我才得以死里逃生，改判贬去济州*做司仓参军，从事县城驻军仓库管理员的工作。

经此一事，我被吓得不轻，很久都没缓过劲来，对于世事人情，也开始变得沉默寡言。

经此一事，玉真公主再也没有主动找过我，我们成了两个世界的人。

抑或，我们原本就是两个世界的人。

---

* 今山东菏泽一带。

迎娶崔瑛

开元九年（721年），秋末，我应母亲之命，在去济州赴任之前，先请假回蒲州老家逗留了半月。没想到这次短暂的逗留，竟为我解决了一件人生大事。

按照母亲的意思，我被贬济州是走了霉运，需要给我冲喜。

于是，在母亲的安排下，我迎娶了母亲的一位远房侄女，名唤崔瑛。崔瑛和母亲一样，都来自大名鼎鼎的"博陵崔氏"，这个家族与太原王氏同属"五姓七望"，甚至还要显赫。

崔瑛比我小两岁，刚满十八，但在大唐，这个年纪的姑娘已经可以出嫁了。

她和我很像，总是沉默寡言，但她纯净的眼神与浅浅的笑容，却有着和玉真公主一样的魔力，以至于我第一次见她时，就有一种微风吹过湖面的感觉，瞬间便忘记了官场中人心险恶的斗争与不快，重新获得了某种朴实的慰藉。而这，也正是我答应母亲娶她的原因。

就这样，半月时光匆匆飞逝，新婚燕尔的夫妻生活才刚刚开始，转眼就到了我离家赴任的日子。没想到的是，崔瑛竟主动提出要与我同去济州，但我以济州路远为由拒绝了她，而且此时又临近冬日，我担心她身体会吃不消，便嘱咐她留在家中照顾母亲即可。

谁知我不说还好，我一说，她更执意要跟我去了，还说什么哪有夫妻刚结婚就分居的，我一个人在外地让她不放心之类的话，让母亲哭笑不得，只得让我把她一同带上。

我们走的那天，弟弟也和母亲一起来给我们送行。

弟弟说，他准备明年再去长安参加一次科考，如果再考不上的话，就安心留在蒲州长伴母亲左右。我笑笑，拍拍他的肩膀，祝他好运。

上任济州

济州，因济水而得名，这条发源于王屋山的河流，颇有着黑公移山的精神。大河自西向东，流域三隐三现，却百折不挠，流经济州时，还顺道形成了方圆百里的巨野之泽，颇为壮观，之后又继续东流，直至汇入茫茫无际的渤海之中。

我和崔瑛到达济州时，已经是冬天了。那年的冬天似乎比往年要冷，连广阔的巨野泽上都结了厚厚的冰，这是十分罕见的现象——恰如我那时渺茫无望的仕途，身处完全陌生的地方，长安远在千里之外，冻得生硬，寒得彻骨。

那时候，常有去往北地幽州 * 边境的车马从湖面上经过。据说是因为北方的契丹在与大唐的战事中失利，主动与大唐修好，所以双边的贸易互市也日益频繁起来。

上任济州司仓参军后，由于管理仓库的事务实在太少，上司担心我工作不饱和，便派我来巨野泽边驻守，主要是负

---

* 今北京及河北一带。

责查验往来的车马与物资，倒也不能说有多清闲。

说到我的上司，他叫裴耀卿，是时任的济州刺史，掌管着整个济州的军政大权。

裴耀卿也是河东人，和我家算是故交，作为盛产宰相的河东裴氏家族的一员，他后来也做到了宰相的高位。因为家庭关系，在济州的那些日子，他待我还不错，没有过分为难我这个戴罪被贬之人，相反，在工作之余，他给了我很大的人身自由。

正因有了裴刺史的关照，我在济州才不至于彻底绝望，甚至还有机会一览齐鲁各地的风光。那时，只要有空，我便会带着崔瑛一起去山间走访，与山民隐士为友，饮酒作诗，互诉衷肠，喝惯了新丰美酒，偶尔喝喝乡亲们自酿的农家腊酒，也是别有一番滋味。

契丹归附

或许是从与大唐的互市中得到了好处，第二年的初夏，契丹首领郁于便在各部的一致拥护下，亲自带着大队车马与贡品来长安朝见圣人。

郁于表示，他谨代表契丹全体部众，满怀赤忱，唯愿重新归附大唐，并主动向圣人请求赐婚。圣人也欣然应允，不但把自己的外甥女燕郡公主嫁给了他，还封他做了松漠郡王，任松漠都督府*都督，统领契丹诸军事，让旁人羡慕不已。

倘若在从前，将公主嫁给异族和亲的所谓"怀柔政策"，总被看成是一种屈辱，以至于出现汉武帝耗费毕生精力，也要北击匈奴，誓死荡平边境的事情。

但在大唐不是这样。

大唐的富饶与强盛，让它拥有足够的气度与胸襟，视一切外族为手足兄弟，大唐的女儿也像男儿一样，愿意为大唐

---

* 今内蒙古赤峰及通辽一带。

开疆拓土、天下一家的理想挺身而出。

从太宗时的文成公主到如今的燕郡公主，皆是如此。

但不幸的是，郁于回到契丹仅两年就病死了。

弟弟吐于继承了他的官爵，并按照契丹的风俗迎娶了他的老婆，也就是燕郡公主为妻——这没什么，在大唐，女子改嫁也是常有之事。

紧接着，又过了一年，即开元十三年（725年），吐于就在与权臣可突于的争斗中失势，吓得他连夜把首领之位让给了从弟邵固，自己则跟着燕郡公主一起逃奔到了长安。

面对吐于的诉苦，圣人虽给予了耐心安抚，却并没有任何实质性行动，因为对他来说，眼下还有一件更为重要的事，至于其他的事，只要不触犯底线，能缓则缓。

泰山封禅

这件事，就是泰山封禅。

从秦始皇一统天下开始，泰山封禅就是历代伟大君王的共同梦想。君王们通过在泰山之上举行隆重的封禅大典，祭祀天地神灵，勒石纪德，告慰祖先，传达帝国海晏河清的繁荣图景，同时彰显自身不世出的文治武功，祈求往后雨顺风调，国泰民安。

自然，这也是圣人的梦想。

圣人记得在他很小的时候，父亲就曾经告诉过他，大唐上次也是仅有的一次泰山封禅，还是在他祖父高宗在位时的麟德二年（665年），正是在那时，大唐的疆域达到极盛，东抵大海，西跨波斯，堪称前代所未有。如今距离"麟德封禅"已经过去了六十年。按照《易经》的说法，六十年一甲子，万物又将开始新的轮回。

于是，在开元十三年（725年）十月，面对亘古未有的繁华，在中书令，也就是新任宰相张说的主持下，经群臣一再上表，圣人终于同意，亲率百官、贵戚及各国外宾首领，从东都洛阳出发，车马仪仗，浩浩荡荡，随行者数以万计，奔泰山而来。

当封禅队伍到达济州时，我和裴刺史携全城百姓出城迎接，并上贡了大量钱粮与祭祀用品，也正因此，圣人心情舒畅，竟让我们也随他一同前往泰山。

说来也巧，或许是出于对大唐的忌惮，圣人前脚刚到泰山，邵固后脚就在可突于的护送下跑到泰山朝贺，并就吐于出走之事主动向圣人请罪。

圣人也欣然赦免了他，并顺水推舟，将吐于原来的官爵封给了他，同时改封不愿回契丹的吐于为辽阳郡王，准许其与燕郡公主一同留在长安生活。

毕竟对于圣人来说，契丹谁做首领并没有多大的区别，只要他们继续承认大唐是天下共主，安心臣服于大唐的富足之下，大唐自可以包容的胸襟，让他们共享盛世的果实。

否则，天兵压境，亡国灭种，只在顷刻之间。

辞官回家

封禅大典仅持续了数日就匆匆结束了，圣人也在心满意足后，率领众人欣欣然返回了东都，只剩沿途州县的官民来替他收拾留下的烂摊子。

封禅原本是一件彪炳史册的好事，圣人甚至为此宣布大赦天下，就连我当年的冒犯之罪也因而得到赦免。但也是因为这次封禅，一来一去之间，沿途州县的民力物力被大量征用，致使地方空虚，民生疲敝，连我所在的济州也未能幸免。

由于济州仓库中辛苦积攒数年的钱粮被大典消耗一空，让我一度面临无事可做的尴尬局面，更糟的是那时裴刺史已经升迁去了别处，新来的上司又跟我很不对头。

似乎是为了故意刁难我，新上司竟派我去做地方的征粮工作，可经过封禅大典的来回折腾，百姓家中哪里还有什么余粮。良心不忍的我，无奈每次都空手而归，新上司为此将我痛骂了一顿，这让我感到沮丧，对公务愈渐失去兴趣，意志也愈渐消沉。

我在想，这就是所谓的盛世吗？未免也太过虚幻。

"摩诘，我们回家吧，官不做了。"崔瑷说道。

崔瑷似乎看出了我的闷闷不乐，常常主动拉着我来巨野泽边散心。那时已是春天了，耳畔鸟语飞回，眼前湖面波光粼粼，微风拂柳，阳光暖暖地洒在身上，让我想起故乡蒲州的美好，与其终日在此寄人篱下，为蝇头小事烦心，还真不如回家做个闲散人开心自在。

"独在异乡为异客，每逢佳节倍思亲。"崔瑷忽然念起我十七岁时写的诗来。

"好。"我看了看崔瑷那双纯净如湖水的眼睛，默默点头。

我想，崔瑷是懂我的。

于是，在开元十四年（726年）的春天，我辞去了济州司仓参军的职务，终于无官一身轻，匆匆收拾行囊，驾着马车，带着崔瑷，一起回了蒲州与家人团聚。

那一年，我二十五岁。

隐居淇上

回蒲州不久后，在母亲的建议下，我和崔瑛来到淇上，第一次过起了隐居生活。

母亲作为一个清心寡欲的佛教徒，对于我的辞官，她虽觉有些可惜，但并未过多指责。在她看来，我只是太年轻，心性仍有些浮躁，还需再沉淀几年，才能真正有所作为。

淇上，位于淇水之畔，地处河南与河东之间，无论是去东都洛阳，还是回蒲州都很方便，进可览繁华，退可得宁静，是再合适不过的隐居之所。

我们在这里搭着自己的小房子，母亲偶尔也会过来看我们，带来我们可能需要的衣物和吃食。弟弟并未和她一起前来，因为此时他已经考上了进士，在长安做了侍御史。

淇上的生活，简单又朴素。我每天礼佛，读诸子，弹琴，画画，写诗，屋外有溪水潺潺，竹林掩映，崔瑛在洗衣做饭之余，也常与我对弈小酌，融洽且欢乐。

她是个好妻子，娶到她，是我莫大的福分。

常有附近的村民过来串门，他们憨厚的笑容，就像天边晴朗的云，让人安心。时令好的时候，他们还会给我们送一些粟米或新打的山鸡，我无以为报，只能给他们弹琴，聊表感谢。对此，他们似乎也很高兴，说我的琴声听着很舒服，能让他们卸下劳作的疲累。

也是在淇上，我认识了一个叫孟浩然的人——那时候，他已经四十岁了，不久前，他和我弟弟参加了同一届的科考，很不幸的是，他落榜了。

于是，在我弟弟的介绍下，他离开长安后，就一个人跑来淇上找我诉苦。

这位比我大十二岁的老哥，是当世有名的隐者，我很早就听说过他的名声，对他笔下山水田园的生活也颇为向往，故而我们虽宗教信仰不同，却依旧一见如故。

襄阳老孟

　　老孟的热情与活力，是他这个年龄段的人里所罕见的。初次见面，他就掏出从襄阳老家带来的陈年好酒，邀我与他痛饮，而我也并未拒绝。

　　那时候，我们整日整夜地聊天，从魏晋玄学与陶潜的诗，一直聊到他前年在淮扬一带漫游的经历，他还说他在江夏*认识了一个叫李白的人，与我同龄，特能喝，有空介绍我们认识一下。这着实给我和崔瑛恬淡的隐居生活，增添了不少乐趣。

　　老孟还夸我悟性很好，劝我跟他一起去嵩山修道，我只是笑笑，并未应答。我打趣说："修道之人，淡泊名利，为什么还要参加科考？"

　　他苦笑了几声，说："世人只言孟襄阳淡泊名利，是当代五柳，但怎知，五柳也曾有一颗报国安民的心，更何况我们生在大唐，不去做一番功业，未免有所缺憾。"

＊　今湖北武昌。

我问他："还要继续考吗？"

他摇头，说："不了，考两次都考不中，此乃天命，以后一心读书种地便是。"

我说："那之前的辛苦，岂不白费了？"

他又摇头，说："不，并未白费，至少证明我曾经为之努力过。"

就这样，我和老孟大醉了一场，他的心情也似乎好了许多。醒来时已是隔天晌午了，崔瑛早已为我们准备好暖胃的汤，微风吹过竹林，沙沙作响。

"春眠不觉晓，处处闻啼鸟。"老孟在喝了一口热汤后，望着窗外的淇水，神情有些伤感。

"怎么了？"我问。

"我要走了。"他说。

"去嵩山，还是回襄阳？"

"回襄阳。"

"怎不多住几日？"

"自前年出游，已久未归家，我想回去看看。"

面对我和崔瑛的一再挽留，老孟还是执意要走，我们便不再强求，只是叮嘱他有空记得常给我们写信，最好还能寄一些新作的诗来，他也一一答应。

但在临行前，老孟忽然看着我直皱眉。

"又怎么了？"我问。

"没怎么，我只是在为你忧心。"他说。

"忧心什么？"我问。

"忧心你这么年轻，不该留在此地，你应该回长安去。"他说。

道光禅师

开元十七年（729年），弟弟升官了，去兵部做了员外郎。

他在长安购置了新宅，并把母亲接到长安和他一起居住——或许因为母亲，又或许因为老孟临行前的话，在弟弟的再三要求下，我和崔瑛也最终搬来了长安。

按照母亲的意思，我回长安后，并未急着立刻回归仕途，而是去了大荐福寺，跟随她的友人道光禅师研习佛家顿教，以此一边继续磨砺心性，一边等待复起的时机。

大荐福寺，地处长安城中轴线朱雀大街的繁华地段，曾是前朝隋炀帝做晋王时的旧宅，同时也是本朝中宗登基前的住所，素有"潜龙旧宅"之称。

道光禅师身为大荐福寺的住持，自然也非寻常僧侣，他是佛家禅宗北宗创始人神秀的再传弟子。当年由神秀与南宗慧能两人引出的禅宗辩论，名动天下，传为一时佳话，如今的道光禅师也不遑多让，在他的引导下，我对佛学的认识也变得愈加深广。

至于"顿教",则是禅宗以参禅顿悟为主的一个流派。与上师善无畏创立的"密宗"主张密咒加持不同，禅宗更主张向内修行，乃至所谓"见性成佛"，心外无物。

顿教主修的典籍叫《维摩诘经》，相传为天竺智者维摩诘所著。这位神秘的世外居士，虽有万贯家财，奴婢成群，但仍勤于攻读，虔诚修行，生前享尽人间富贵，且辩才无碍，与佛祖释迦牟尼论道，亦不落下风，处相而不住相，是有名的在家菩萨。

在梵语里，"维摩诘"是"无垢"的意思——仿佛命中注定一般，母亲以此为我取的名字，就是希望我以维摩诘居士为榜样，身处浮华世间，能不染尘埃，始终保持心灵的宁静。

"禅师，你说究竟是风动，还是心动呢？"我问。

"风与心，皆动，皆不动，动静半点不由人。"禅师答道。

契丹之变

总之，不管是风动，还是心动。在我跟随道光禅师学佛的第二年，北方草原上的契丹又开始躁动了。

也是在那一年，在母亲的一再催促下，崔瑛终于怀孕了——母亲之所以不急着让我回归仕途，除了是想让我跟随道光禅师学佛外，抓紧为王家生育后代也是一个重要原因。

因为这个即将诞生的小生命，我们全家人都高兴不已，最高兴的当然还是母亲。父亲去世早，母亲独自一人拉扯我们兄弟俩长大，如今我做大哥的终于要有后了，她身上的担子也算减轻了一半，于是，她心情大好，决定带着全家人一起回蒲州给父亲扫墓，以示告慰。

说到我的父亲，我一直没有介绍他，主要还是因为他去世的时候，我年纪实在太小，所以并未留下多少记忆，只知道他叫王处廉，和我一样是个聪颖早慧的人，很早便中了进士，

做过汾州 * 司马，也正因此，我们家才从太原祖宅搬到了离汾州更近的蒲州。

弟弟本来是打算和我们一起回去的，但他刚准备出门，就被兵部送来的一纸文书拦住了——文书上说，契丹叛将可突于作乱，杀了首领邵固，另立屈烈为新首领，率领部众集体背唐，并裹挟奚族等部落一起投降了突厥，让他火速前往兵部商讨对策。

如果说，可突于之前逼走吐于的事情，是因为还未触及圣人的底线，故而圣人放了他一马，那么，他这一次大逆不道的举动，算是彻底激怒了圣人——大唐天威岂容一再挑衅！

于是，那一年六月，圣人召集群臣，紧急下诏，着命幽州长史兼节度使赵含章，统兵十五万，气势汹汹，前往北方草原，誓要生擒可突于，再一举除之而后快。

★ 今山西临汾一带。

崔瑛之死

等我们从蒲州返回长安，已经是开元十九年（731年）。

那时候，北方的战事已初步告捷，赵含章大破契丹与奚族联军，俘获甚众，奚族首领更是率全族认罪请降，但圣人对此并不满意，因为可突于逃跑了。

为了彻底解决可突于，圣人决定继续向幽州前线增兵。而此时，因为契丹已经投降了突厥，所以突厥也趁机介入，于是，双方你来我往，战事陷入僵持阶段。

与战事一样僵持的，还有崔瑛——她肚子里的孩子已经满十月了，却迟迟不见落地。

"等孩子生下来，你就回朝中继续为官吧。"崔瑛躺在床上，笑着对我说道。

"你也认为我应该继续为官？"我问。

"我觉得孟夫子说得挺对的，你还年轻，应该去为大唐做点事情。"她说。

我记得那是一个阳光明媚的早晨，我和崔瑛说完了话，就像往常一样独自去了大荐福寺。临行前，我还特地嘱咐崔瑛要好好照顾身体，有什么事情就及时让下人通知我。

　　谁知临近黄昏，当我还在佛前为崔瑛和即将降生的孩子祈福时，一个噩耗就悄然而至了——说是崔瑛下午在院中散步时，屋外突然吹来一阵暖风，她感觉到自己将要生产，结果不知怎的，在生产过程中竟大量失血，目前情况万分危急。

　　我急匆匆赶回家中，但紧赶慢赶，还是没赶上见崔瑛最后一面。我看着躺在血泊中的崔瑛，和我还未出世就已夭亡的孩子，眼前忽然漆黑一片，昏倒在地。

诸行无常

"你醒了？"不知何时，道光禅师站在了我的床边。

"我好像睡了很久。"我说。

"你睡了两天两夜了，总算醒了，可别再吓我了。"母亲双眼通红，见我醒来，她的神情才略微好转，嘱咐我跟禅师好好聊聊后，就带着下人去厨房为我们准备饭菜了。

"崔瑛的事，你也不必过于悲伤，佛法有云'诸行无常'。"禅师说道。

"禅师，你说人世间的事，佛祖真的能听到吗？"我问。

"能。"他说。

"那为什么我为崔瑛祈福，他置若罔闻？"我问。

"不，他并未罔闻，他时刻都在注视聆听着世间的种种，但就像我从前跟你说的，动静皆有定数，有些事，是连佛祖也无法改变的。"他说。

或许是为了我身心能尽快好转，后来，道光禅师带着我，去了长安郊外的蓝田。

那是崔瑛埋葬的地方——这个十八岁就嫁给我的女孩，陪我走过了最混沌的十年。如果没有她，我根本就无法挨过济州寒冬的冰雪；如果没有她，我或许早已在黄狮舞的打击中一蹶不振。然而，她竟如此匆匆离我而去，她还那样年轻，甚至还没来得及做母亲。

"你还是回朝中去吧。"禅师打断了我的沉思。

"怎么，你也赞成我回去？"我问。

"做些实事，也许能分散一下你的注意力，就没那么痛苦了。"禅师说道。

"那修行怎么办？"我问。

"你是维摩诘，在家菩萨，不去寺庙，一样可以修行。"他说。

于是，顺着禅师手指的方向，我第一次遇见了辋川，那些从画中走出的山壑林泉，瞬间将我吸引，以至于我后半生都对它念念不忘。

谒张九龄

大唐与契丹的战事，断断续续，又打了三年多。

由于赵含章迟迟未能完成任务，最终被更为干练的张守珪接替。这个张守珪是大唐当世之名将，曾在西域多次击败突厥和吐蕃，威震诸夷，对于他的出征，众人满怀期待。

至于我，在道光禅师与家人一再劝慰下，也渐渐走出了崔瑛离世的阴影，并决定重新返回仕途。然当官并非儿戏，不是能说走就走，说来就来的。

此时，距离我从济州辞官已经过去了八年光阴，朝中局势变化甚多，昔日旧友岐王与中书令张说皆已病故，而在经历黄狮舞后，我与玉真公主也早已失去联系，弟弟又暂时还人微言轻，帮不上什么忙，让我一时竟不知从何处着手。

直到我从老上司裴耀卿口中得知，张九龄当了新任中书令，情况才迎来转机。

张九龄，那个写出"海上生明月，天涯共此时"的张九龄，可以说是除玉真公主外，我人生中最大的贵人。十七岁时，我初到长安，诗名不显，正是在他的赞扬下，我因一首《九月九日忆山东兄弟》，被京城贵胄们争相传唱，奉为座上宾。

当我与张九龄再次相见，已经是在洛阳了。那时，由于长安地区发生了严重的洪涝灾害，导致农作物受损，圣人为了减轻长安百姓的粮食负担，同时也为了更好地掌控契丹前线的战事，特地把办公地点搬来了洛阳，由此也足以证明他平定契丹决心之笃定。

张九龄还是像我第一次见他时那样热情，急着要看我最近新写的诗，并夸我创作水平又精进不少。听说我想回朝中为官，他更是高兴不已，说大唐现在正是用人之际，答应一定为我引荐。但同时，他也告诫我，不可再像从前那般莽撞任性了。

对此，我唯有感激。

洛阳献捷

于是，在第二年，即开元二十三年（735年）初，经中书令张九龄的极力引荐，圣人或许是想起我曾经和他一起玩音乐的美好时光，居然不计前嫌，让我重新回到了朝中。

这次回来，我被任以右拾遗的职务，一个从八品的言官，比当初太乐丞的品级微高一点，且不再只是供宫廷娱乐的闲职，而是开始有机会直接参与政事。

也是在那一年，北方再次传来了好消息。

幽州长史兼御史中丞张守珪，大破契丹，他亲自带着可突于和契丹首领屈烈的人头，来洛阳向圣人献捷。至此，持续数年的契丹之乱，终于迎来了最重大的一次胜利。

圣人闻之大喜，下令东都臣民欢聚畅饮，并亲自写诗表扬张守珪，加封他为辅国大将军、南阳郡公，兼领幽州节度使，还在幽州为他树碑记功。

也是在那一次，我第一次见到比我小两岁的粟特人安禄山，他身型魁梧，笔直站在张守珪的身后，脸庞被浓密的络腮胡包裹，神情看起来十分平静。

据说，安禄山是辽东营州*人，祖上来自西域，精通多族语言，早年是在边境上帮商人做买卖的牙郎，后因契丹在边境作乱，他被迫失业，饥肠辘辘之下，铤而走险，跑到张守珪的营地偷羊，被张守珪活捉，张见他机智勇猛，不忍杀之，便充作军用。

再后来，安禄山因作战骁勇，屡立战功，很得张守珪的赏识，被其收为义子。此次，他也因功获封平卢兵马使——平卢即幽州北部及辽东一带，治所就在他的老家营州。

一番封赏后，张守珪和安禄山就带着报捷的队伍，重新返回了北方驻守。他们表示，可突于虽已被剿灭，但他的残余势力仍藏匿在草原深处，决不可放松警惕。

---

* 今辽宁一带。

上师圆寂

开元二十三年（735年）的冬天，也就是契丹之乱平息半年之后，上师善无畏在洛阳大圣善寺圆寂了，享年九十九岁，共计为僧八十载。

圣人闻之恸哭，亲率群臣参加了上师的追悼大会。出殡那天，山河为之变色，洛阳全城百姓倾城而出，人们自发一路护送上师的灵柩，至洛阳郊外的龙门西山安葬，为上师祈福的莲灯漂满了宽阔的伊水，也漂过了卢舍那大佛那张凝视众生的平静面庞。

我看着伊水两岸为上师送行的人群，忽想起开元四年（716年）。那年，上师和我几乎同时来到长安，此后他在大唐生活了十九年，再也没有回过故乡天竺。在他生前，圣人为其在洛阳兴建大圣善寺，供其翻译《大日经》，开坛讲法，引得洛阳富豪争相布施；在他死后，弟子信众遍及大唐，更是远达新罗与扶桑，已然成为一代大德。

上师品性恬淡，生前很少与尘世之人来往，而我是个例外。尽管我作为禅宗信徒，与上师所持密宗有所区别，但好在我二人都喜欢安静，故也曾有过短暂的交流。

"当初是什么吸引您来大唐的？"我问。

"信仰。"上师答。

"那您觉得大唐的信仰，究竟是什么？"我又问。

"自在。"他说。

上师的回答总是那样的简洁而有力，与其说那是大唐的信仰，不如说那是"佛"的信仰。我想这从他十九岁时平定了兄长的叛乱，却以莫大的胸怀主动把王位禅让给兄长的那一刻起，他就已经明白——唯大我，方得大自在。

我还记得，我们最后一次见面，是在一个风雨初歇的傍晚，洛阳城的上空忽然出现了一道绚烂的彩虹，几乎笼罩了整个城市，我和上师一同抬头望天，看着那道彩虹出神。

我在想——这么美的景象，大概就是所谓的信仰吧。

罢相风波

或许是洛阳的风景太好，直到开元二十四年（736年）的冬末，圣人才恋恋不舍地带领群臣返回已经恢复生机的长安，而我自然也在随行之列。

也是在那一年，中书令张九龄由于人事任命问题，与圣人发生了强烈分歧，最终惹怒了圣人，被罢黜了相位，贬到荆州做大都督府长史，就此退出了帝国的权力中枢。

事情经过是这样的：圣人回到长安后，一直对张守珪念念不忘，觉得他大破契丹，壮我大唐天威，是个人才，就想把他调到中央做门下省侍中，也就是宰相——大唐实行"群相制"，三省长官及身兼"中书门下平章事""中书门下三品"等官衔的都是宰相。

开元年间的大唐，从早期的郭元振、姚崇、宋璟，到后来的张说、张九龄，先后出现多位治世贤相，正是在这些人的辅佐下，圣人才得以缔造大唐史无前例的盛世。

"张守珪虽有功，但终是一介武夫，加官晋爵可以，入朝为相，恐难胜任。"对于圣人的想法，中书令张九龄表示强烈反对——在所有宰相中，中书令的职权是最大的。

张九龄的反对，让圣人很是不悦，圣人随即找到另一位宰相，即礼部尚书兼中书门下三品李林甫商议。结果李林甫不但对圣人的想法大加赞成，还对张九龄冒犯圣意的行为大加贬斥。由此，圣人开始考虑罢黜张九龄的事宜。

虽然因为契丹残部叛乱复起，张守珪忙于平叛，最终还是没能入朝为相，但圣人与张九龄的矛盾并未因此结束——没过多久，经由张九龄举荐的监察御史周子谅，因写诗讽刺圣人欲用武人为相，几乎被圣人当庭打死，张九龄也因其牵连获罪，惨遭贬黜。

一同被贬的还有裴耀卿，他是时任的门下侍中，也是宰相之一。因为替张九龄求情，他也得罪了圣人，气得他直接辞官，告老还乡，从此再也不问政事。

而接替张九龄的人，自然就是李林甫了。

连杀三子

据说李林甫是皇室远亲，早年靠着宗亲关系入仕，并非科举出身，也没什么文化，一直不受士人阶层的待见，但他强在会揣测上意，且善于迎合，很得圣人的喜爱。

张九龄和裴耀卿的相继退出，使得李林甫在朝中再无敌手。之后他霸占相位十余年，给大唐后来的发展带来不可挽回的影响——比如在他上任中书令的第二年，即开元二十五年（737年），一桩皇室惨剧的发生就让整个朝堂为之震惊。

那年，则天皇后的侄孙女武惠妃深得圣人的宠幸，为了拥立自己的儿子寿王李琩为太子，她与李林甫合谋，构陷太子李瑛、鄂王李瑶、光王李琚三人结党营私，蓄意谋反。没想到圣人闻之大怒，竟下令将三位皇子全部废为庶人，并在当天夜里一同处死了。

对于圣人在尚未查明真相的情况下，就一连杀了自己三个亲生儿子的举动，人们至今说法不一。有说是因为之前的几次皇族内斗，给圣人内心留下的阴影太过深刻，以至于让他对自己的血亲都难以信任；也有说，连杀三子其实是一种警告，警告天下有不臣之心的人，他才是大唐唯一且至高无上的存在，容不得任何人冒犯，哪怕是亲生儿子也不行。

当然，还有一种说法，说是圣人老了，已经不像从前般精明强干，开始昏聩怠政了。

总之，不论是哪一种说法，此事对于皇家，乃至对于大唐都是一个悲剧。更悲剧的是武惠妃，她本意只是想扶自己儿子上位，谁曾想圣人竟如此狠心，直接一连赐死了三位亲生骨肉。或许是出于对三位皇子枉死的愧疚，在那一年的冬天，她也抱病离世了。

之后，圣人又重新立了一位太子，但并非寿王李瑁，而是忠王李亨。

至于李林甫，经此一事后，变得更加嚣张。为进一步巩固自己的权位，他向圣人大进谗言，对朝臣展开大清洗运动，当初经由张九龄举荐的人均被遣出了长安，其中也包括我。

出使河西

　　三十六岁那年，刚回朝没多久的我被"调离"了长安，前往大西北的凉州。

　　那一年，凉州都督兼河西节度使崔希逸在青海大破吐蕃，朝廷命我以监察御史的身份，出塞宣慰三军，同时留我在河西幕府中充任判官一职，负责主理军中文书事务。

　　河西，就是后世的河西走廊，也是大唐节度使制度的起点——睿宗在位时，为了阻隔突厥和吐蕃的联合进攻，临时在河西任命了第一位节度使贺拔延嗣，统辖凉州、甘州、肃州、瓜州、沙州、伊州、西州等多地军政，享募兵及杀伐大权，外任之重莫比焉。

　　崔希逸作为贺拔延嗣的后任者，在他任内，大唐与吐蕃重修旧好，突厥也多次遣使求和，西北边境进入新的稳定期。涉及丝绸、瓷器、茶叶、香料、珠宝等诸多货物的商路也因而重启，车马驼队，穿梭期间，熙攘往来，络绎不绝，呈现出一派欣欣向荣的景象。

此外，崔希逸还是我母亲的同乡，因为这一层关系，他和当初的裴耀卿一样，对我很是照顾，每次出巡，他都带着我，我也得以一览西北大漠风光，甚至是深入西域内陆，亲身感受异域的风土与人情，以及我大唐在西北军阵的强悍与威仪。

正因如此，在那段日子里，我写出了不少好诗，包括那句著名的"大漠孤烟直，长河落日圆"也是在那个时候写的——毕竟在那时，谁也不会想到后来的大唐会发生什么。

遗憾的是，美好的时光总是短暂的，当我正准备跟着崔希逸在大西北大干一场的时候，他就因受李林甫的谗妒，被朝廷调去了河南，不久便在河南尹的任上去世了。

关于崔希逸的生平，史书虽无过多记载，但在民间却有着关于他的传说，说他死后去了地府，也做了判官，即大名鼎鼎的崔判官，专断人间冤假错案。

这也从侧面表明，在百姓心中，他是一个让人怀念的好官。

哭孟浩然

一晃，又过了三年，即开元二十八年（740年）。这一年，张九龄和张守珪两位开元盛世的重要功勋相继离世，圣人为此悲痛不已，宣布罢朝三日。

张九龄对我有知遇之恩，他的离世对我来说，同样很难过。但祸兮福所倚，或许正是因为他的离世，让圣人想起他过去的好，又或许是出于对他被贬的补偿，当年经由他举荐的部分官员，在这一年被重新召回了长安，而我也在召回之列。

重回长安后，我被升任为殿中侍御史，并在那一年的冬末，赴南方考察公务，广泛游历了襄阳、鄂州、夏口及岭南各地——其中，岭南便是张九龄的故乡，他当初因为染病回家探亲，结果病逝于家中，也算是落叶归根，死得其所。

而等我抵达襄阳，已经是第二年的初春。

到了襄阳，我当然要顺道去拜访一下老孟。自上次淇水边一别，已经过去了十年。这十年间，他除了偶尔外出漫游，就一直像他曾说的那样，待在襄阳老家鹿门山读书种地。我们虽很少见面，但时常能收到他寄给我的信，以及随信而来的新诗。

我也常给他回信，谈论自己的近况，面对我对生活的抱怨，他总是予以耐心的安慰，得知我重回仕途，他也充分激励与肯定了我。他既是我的老师，也是我的知己。

然而，当我兴高采烈地来到老孟家，准备找他开怀痛饮一场时，他的家人却迎头把我痛骂了一顿。为此我一脸困惑，直到邻居告诉我，老孟在几个月前就去世了，而他去世的原因，正与喝酒有关——据说几个月前有一个叫王昌龄的人，来襄阳找他喝酒畅谈，他热情招待，结果一顿胡吃海喝，导致背疾发作，大病不起，不久便溘然长逝。

我不知道这个王昌龄，跟老孟有什么交情，但老孟的离世，着实让我悲痛不已。望着滔滔东流的汉水，想起他曾经对我的劝勉与鼓励，我忍不住在他的坟前哭了很久。

天宝元年

再后来，也就是我从南方考察回来的第二年（742 年），长安城的上空再次出现彗星划过，关中一带的农田也迎来罕见的丰收，俨然一副盛世降临的预兆。

为此，在位已经三十年的圣人欣喜不已，觉得这是上天在庇佑大唐，便决定将年号由"开元"改成"天宝"，这个词来自我朝高宗时早逝的诗人王勃，取"物华天宝"之意。

至于我，在这一年转任门下省左补阙，一个从七品的闲职——作为一个已经四十一岁的中年干部，在目睹了李林甫的独断专权后，我已然渐生隐退之心。

也是这一年，在圣人的身边又有了一个新的女人，她叫杨玉环，是蜀州*司户杨玄琰的女儿，同时也是寿王李瑁的前妻，也就是圣人与死去的武惠妃的前儿媳——这个能歌善舞的四川姑娘也许不会知道，她将用短暂的后半生，让整个大唐为

_____
＊ 今四川崇州一带。

之倾倒。

那时，在大唐的北方，安禄山已经接替了他的义父张守珪，全权负责防范契丹的工作。同时他还被提拔为平卢节度使，与投靠他的发小史思明一起统辖重兵，镇守幽燕之地。

提到幽州，因为在这一年圣人下令全国州县改称郡县，所以它有了个新的名字叫范阳。

同样，还是在这一年，我第一次见到了老孟曾向我提起的李白。李白刚到长安，就在玉真公主、贺知章及一众修仙道友的大力吹捧下，得到了圣人的亲自接见，很快就进了翰林院，成了所谓的"翰林供奉"。其实这也算不上什么官职，就是陪在圣人身边写诗逗乐的。

此外，由于李白久处内廷，且为人豪放，而我又不喜热闹，常独自在家中礼佛，致使我们虽同在一朝，低头不见抬头见，却几乎没有什么深入往来。

狂徒李白

　　或许是因为老孟的缘故，我其实一直挺想会会李白。但他整日要么流连在胡姬酒肆，要么就是陪在圣人身边观舞作诗，很少有闲下来的时候，让我始终无法找到合适的时机。

　　更遗憾的是，还没来得及等到我找他见面，他就被圣人赐金放还，匆匆请离了长安，说得好听点是"请离"，其实就是给他一笔钱，让他该干吗干吗去。

　　这种来也匆匆去也匆匆的作风，倒也颇合李白的性格。

　　至于李白来长安不到三年就被赐金放还，坊间说法不一。最主流的一种说法是，他在华清池的酒宴上喝多了，竟当众让圣人的宠臣高力士给他脱靴，搞得高力士下不来台。结果高力士怀恨在心，参了他一本，说他不懂礼法，以下犯上，应严加惩处，以儆效尤。

　　不过说实话，李白不懂礼法这事，也不能完全怪李白。因为他虽和贵妃一样长于蜀地，但据说他出生在西域，五岁前都跟着父亲在西域生活，身上难免会沾染一些胡人习性，不喜拘束，待人接物也比中原人更率直。

好在圣人怜悯他的诗才，也不想破坏自己爱惜人才的形象，并没有过重处罚他，只是给了他一笔钱，打发他出宫，任由他自己继续闲散自在去了。

李白就这么走了。此后的长安城里，到处都是关于他不畏权贵的传说——但仔细一想，这一幕与我二十三年前因黄狮舞被贬的那一幕，又是何等相像。

不同的是，李白比我洒脱。离开长安之后，他拿着圣人给他的钱，继续呼朋唤友，遍访名山大川，诗名也因之迅速传遍了大唐。而在长安与圣人共处的那段短暂岁月，成为他人生中罕见的高光时刻，被他在往后的日子里反复向人提起。

辋川别业

天宝三载（744 年），即李白离开长安那年，弟弟被调往河南做地方官，而我为了远离长安城内的喧嚣，同时也为了更方便母亲念佛，又一次来到辋川。

经好友崔兴宗的介绍，我买下了已故诗人宋之问的蓝田山庄。一番修葺扩建之后，营造初见规模，我便带着母亲一起住了进去，正式开启了半官半隐的新生活。

此时，道光禅师已然圆寂了，是我亲自为他撰写的舍利塔碑文。这次搬来辋川，我也特意在佛堂为他画了挂像，每日诵经，焚香供奉，以感谢在他座下受教十年的恩情。

至于崔瑛，距她去世已有十三年。自她去世后，我都没有再娶。期间，也曾有不少友人要为我介绍良媒，但都被我婉言谢绝，一来是我并未忘记崔瑛，二来是我对佛学的兴趣愈渐浓厚，尘世的男女之爱，对我来说已然变得可有可无。

所谓："行到水穷处，坐看云起时。"之后的日子，我把生活的重心都搬到了辋川，打算以陶潜为榜样，在此构筑当代之桃源——辋川二十景，依山而建，起伏变幻，从文杏馆到白石滩，景景不同，相互映衬。

闲暇时，我常独自在辋川山涧中行走，看错落有致的山，听自然而然的水。

我喜欢观察辋川的天气，晴朗时，天蓝得像我曾在岭南看过的海；阴霾时，转瞬便是电闪雷鸣。渐渐，我熟悉了辋川的一草一木，它们安静又美好，我渴望把它们画进我的画里，永远留在我的纸页上，但总是画不满意，直到我遇见了裴迪。

秀才裴迪

第一次见到裴迪时，他还很年轻，比我小十五岁，是新晋的秀才。

在大唐，"秀才"可不是一般人能当的——大唐科举分明经科、进士科、秀才科，坊间有"三十老明经，五十少进士"的说法，我二十岁考中进士，状元及第，被时人称为天才。

这个裴迪更了不得，他考中的是三科中最难的秀才科，不仅要考诗赋文章与经史子集，还要考政论时策，无数读书人因之望而却步，他能考上，绝对堪称人中翘楚。

裴迪和年轻时的我很像，他出生河东裴氏，自小长于富贵之家，又早早考中了秀才，却一直不愿入仕做官，独自跑到辋川来隐居。他说他的偶像是东晋的陶渊明和本朝的孟浩然，如今两人都已作古，而我是孟浩然生前最好的朋友，听说我来了辋川，故而登门拜访。

这个年轻人的突然造访，让我想起我与老孟在淇上初次相逢的情景，也正因此，对于他的不请自来，我并不排斥，反而在竹里馆*热情地招待了他。

在日渐熟络之后，我便经常邀裴迪与我结伴同游辋川的山山水水。李龟年和崔兴宗等昔日旧友偶尔也会到我的别业参观，闲暇时，我们弹琴唱曲，悠游岁月，生活平淡而充实。

那段日子，我和裴迪一起写过很多诗歌，给予了彼此很多灵感。

我吟："世事浮云何足问，不如高卧且加餐。"

他和："闻说桃源好迷客，不如高卧眄庭柯。"

而他，也成了在老孟与道光禅师相继去世之后，我最好的朋友。

名将遭贬

"你这么年轻，又是秀才，怎么不去朝中谋个差事？"
我好奇地问裴迪。

"那你现在半官半隐，又是为何？"他笑了笑，反问道。

在裴迪看来，他和我的心境是类似的，那就是我们虽都
已洞悉朝中局势的隐忧，但奈何人微言轻，根本无力改变——
此时，中书令李林甫已改称右相，是名副其实的一人之下，
万人之上，总揽朝中一切大小事务，自上任以来，他不断蒙
蔽圣听，排斥异己，致使朝堂上多是溜须拍马、趋炎附势之徒，
真正想要有所作为的正直之士几乎绝迹。

其中，最为轰动的事件发生在天宝六载（747年）。那一
年，我的同乡，一代名将王忠嗣，因在西北大破吐谷浑，被
圣人封为金紫光禄大夫，同时身兼河西、陇右、朔方、河东
四镇节度使，控制万里，诸多劲兵重镇皆归其统辖，堪称大
唐边将之最。

然而，心胸狭窄的李林甫，却因嫉妒王忠嗣的军功太盛，唆使其党羽诬告王忠嗣与太子李亨过从密切，有图谋扶立之心，毫无疑问，这犯了圣人的大忌。

　　圣人闻之，怒不可遏，本想将王忠嗣处死，但王忠嗣的部下哥舒翰、郭子仪、李光弼等人纷纷上表为他求情，并表示愿意以自己的官职来为他赎罪，圣人这才从轻发落，贬他去地方做太守。可没多久，他就暴死在了太守任上。

　　关于王忠嗣的"暴死"，坊间说法不一。

　　有说他是含冤郁闷死的，也有说是被李林甫派人暗中下毒害死的，但不管是哪一种死法，他的离世让另一位边关大将从此失去了一个有力的制衡者，变得更加骄横跋扈。

　　这个人就是安禄山，此时他已身兼范阳、平卢两镇节度使。

赤胆忠心

说到安禄山，他能从当初那个因偷羊被抓的落魄胡人，摇身一变成为大唐手握重兵的藩镇节度使，除了要感谢他已故的义父张守珪外，最该感谢的人或许就是李林甫。

在李林甫看来，相比久居中原的汉人，胡人不但更熟悉边疆情势，作战骁勇，心性也更淳朴憨厚，平时喂马放羊，有吃有喝就满足了，不会有什么拥兵谋反的心思。此外，更重要的是这些胡人在朝中大多没什么根基背景，不会对他右相的权位构成威胁，他相信只要给予他们足够的封赏，自可保大唐边境无忧。

于是，在李林甫"以胡制胡"的建议下，包括安禄山和他的发小史思明在内，一大批胡人将领被提拔起来，特别是在汉人将领王忠嗣事件之后，胡人将领镇守边关逐渐成为常态。

起初，正是在李林甫的引荐下，安禄山才得以真正接近圣人和贵妃。为了迎合圣人好大喜功的性格，每次来长安觐见，他都会带着大量所谓"战俘"，以及奇珍异兽讨圣人的欢心。而他憨厚质朴的外表也深得贵妃的喜爱，他也看准时机让贵妃收他做了义子。

就这样，喜欢给人当干儿子的安禄山成了朝中新贵，时常出入各种宫廷宴会之间。记得有一次，圣人在太液池边为贵妃庆生，大宴群臣，王公贵胄、外国宾朋悉数到场，我也有幸奉诏列席，与李龟年一起为众人赋诗作曲。好巧不巧，安禄山也来了。

那是我第二次见到安禄山，或许是因为已经过上了养尊处优的生活，和九年前洛阳献捷时相比，他的身形已经完全走样了，圆滚滚的肚子几乎垂到了膝盖。只见几杯酒下肚后，他忽然挺着大肚子走到宴会中央，要为圣人和贵妃献舞，逗得圣人和贵妃哈哈大笑。

圣人问："你这么大的肚子，里面装的都是什么啊？"

他机智对答："无它，都是对父皇和母后的赤胆忠心。"

圣人听后，深感欣慰，又对他大加封赏了一番。

孝治天下

太液池归来半年之后，即天宝九载（750年）的春天，母亲在辋川去世了，正好七十岁——她一生信佛，走得很安详，如同进入梦乡的菩萨。

遵照母亲的遗愿，我把她葬在了崔瑛的旁边——她说我们亏欠了崔瑛太多，当初是她把崔瑛领进门，现在是她补偿的时候了——我猜她们在泉下相聚，一定会很高兴吧。

至于我，为了响应圣人"以孝治天下"的号召，相约与弟弟一起停职离朝，屏居在辋川，并拒绝了一切来访，每日礼佛诵经，为母亲守孝了两年。

也是在这期间，不知道安禄山究竟说了什么花言巧语，竟在天宝十载（751年）的正月初一，即他四十八岁生日那天，让圣人把河东节度使的位子赏给了他。

就这样，他一下子掌控了范阳、平卢、河东三镇兵马。此外，圣人还加封他为东平郡王，他的长子安庆宗和次子安庆绪也都被封官。圣人甚至把太子的女儿荣义郡主嫁给了安庆宗，让安禄山受尽了宠溺，这个贵妃娘娘的好义子，权势达到了鼎盛。

圣人这么做的目的，本来是想笼络边将，维持大唐边境的和平稳定，但他错就错在完全低估了安禄山的野心，其实不只是圣人，朝中包括李林甫在内的很多人都低估了他。

待守孝期满后，我和弟弟也重新回到朝中，或许是被我们的孝心打动，又或许是想树立"以孝治天下"的典型，圣人竟把我们兄弟俩同时升官。

我被升为吏部郎中，负责文官品级考核工作，弟弟则调去了河东老家，成了太原少尹——太原是大唐北都，也是皇室龙兴之地，可见朝廷对他的器重。

"安禄山权欲太盛，很可能会给大唐带来大麻烦。"赴任前，弟弟如是对我说道。

将相之争

同样是天宝十载（751年），大唐在与南诏的战争中惨败，六万唐军殒命西南。而贵妃的堂兄杨国忠作为这次战争的实际主导者，不但未因战败受罚，反而得到了高升。

群臣对此不言自明，这一切都是贵妃受宠的缘故——经此一役，杨国忠官至御史中丞兼剑南节度使，全权负责平定南诏的工作，其在朝中的权势仅次于右相李林甫。

至于李林甫，此时早已在家中卧病多日，根本无力料理朝政，不出一年就病死了。

李林甫一死，杨国忠便被拜为新右相。他为了尽快铲除李林甫在朝中的残存势力，培植自己的党羽，竟与安禄山里应外合，一起向圣人诬告李林甫曾与边关叛将私通谋反。

结果，搞得还没来得及下葬的李林甫，直接被圣人下旨劈开了棺材，可怜一代权相专政近二十载，最终却落得个削爵抄家的下场，诸子及门人皆惨遭贬谪与流放。

安禄山之所以积极配合杨国忠，其实是有条件的，那就是杨国忠答应他，事成之后会向圣人举荐他为左相——由于李林甫当权时，为人老奸巨猾，对安禄山的一举一动都了如指掌，致使安禄山无论是招兵买马，还是扩充地盘，皆受其制约，搞得安禄山颇为苦闷。

所以，能入朝为相，掌控帝国中枢，不再受制于人，就成了安禄山的一大夙愿。

但理想很丰满，现实很骨感。喜欢骗人的安禄山，万万没想到自己居然会被杨国忠给骗了。李林甫余党被铲除后，杨国忠在朝中再无威胁，安禄山也就失去了利用价值。

"说好举荐我为左相呢？"安禄山问。

"你一个胡人，大字不识，当什么左相，老实镇守边关不好吗？"杨国忠答。

是的，杨国忠虽然没有李林甫聪明，但安禄山肚里的那点野心，他还是能看出来的，他给安禄山狠狠上了一课，这一课让安禄山很受伤。

安禄山终于明白，尽管他是圣人和贵妃的义子，但在这些皇亲国戚的眼中，他依旧只是一个不知礼节、不识大字的胡人——既然做不成宰相，那干脆就大胆再进一步。

他将用实际行动告诉杨国忠："姓杨的，你把路走窄了！"

范阳起兵

倘若说李林甫在世时，安禄山还有所顾忌，那么现在，他已不再有任何畏惧。

那是在天宝十四载（755年）的冬天，大唐与南诏的战争终于勉强收场，大唐以先后十几万人的伤亡为代价，赢得了得不偿失的"胜利"，事后，南诏就彻底投靠了吐蕃。

也是在这一年，我升任门下省给事中，负责朝中诏敕及百官奏章的审批工作。眼见西南战事初定，本该普天同庆，我和同事们却收到了一堆北方州府举报安禄山谋反的奏章。我们如实把情况禀报给了圣人，但圣人不以为意，他似乎对这个干儿子充满了信任。

直到有一天，连太原少尹也就是我的弟弟王缙，也送来了加急奏章——他在奏章中表示，安禄山叛军已连克数城，北都太原岌岌可危，请朝廷火速派兵增援。

这让我们意识到了问题的严重性，急忙又把奏章呈给了圣人，并催促他早做行动。谁知圣人看罢，只是依旧像往常一样派使臣去前线探听虚实，就不了了之。至于使臣，也像往常一样早已被安禄山收买，对谋反之事只字不提。

是的，经过两年精心的筹划与准备，"大孝子"安禄山骗过了所有人，带着满腔的怨恨，以"奉密诏讨伐杨国忠"的名义，与他的发小史思明一起在范阳起兵了。

此次跟随安禄山起兵的部队，除了驻守北方三镇的唐军，还有契丹、室韦、库莫奚族等投降大唐的胡人番兵，号称二十万人，浩浩荡荡，从范阳南下，直奔中原而来。

当时的中原，承平日久，已经四十多年没有发生过战事了，军队松弛，面对安禄山的突然发难，各地州府长官都惊恐不已，要么弃城逃跑，要么兵败被擒，甚至有直接开城投降的。面对不堪一击的防线，叛军一路势如破竹，很快就占领了河北全境。

随着城池不断沦陷，都快打到洛阳了，圣人这才从梦中惊醒。他终于相信安禄山造反的事情是真的，为此，他一怒之下杀了安禄山留在长安的长子安庆宗全家，包括他自己的孙女荣义郡主也未能幸免。

同时，他紧急下诏，命正在长安述职的安西＊大都护封常清，兼任范阳、平卢节度使，火速率军防守洛阳。

＊ 今新疆及中亚一带。

伪燕皇帝

封常清接到诏命后，片刻不敢耽搁，快马从长安奔赴洛阳。

抵达洛阳后，封常清就火速与已被任命为征东副元帅的老上司高仙芝会合——在大唐，统兵元帅多为皇子亲王名义上担任，副元帅负责实际指挥与平叛。

由于安西都护府边军任务重大，不敢轻易调离，封常清与高仙芝只得在长安洛阳两地临时募兵。这些临时招募的军队虽也达到了十万余众，但多是市井无赖之徒，且军纪涣散，根本无法与安禄山训练有素的精锐边军相比，不到一个月，洛阳就失陷了。

之后，封常清与高仙芝退守潼关。根据他们多年的作战经验，叛军气势汹汹，有备而来，我方军队却属临时拼凑，战力上没有任何优势，目前唯有依托潼关险要地形坚守，待西北各路边军集结完毕，再率大军，一举出击，则安禄山必死无疑。

然而，已经被安禄山惹得怒火中烧的圣人，哪里听得进这些话，他只看到了高仙芝和封常清二人丢失洛阳，并在安禄山的攻势下，节节败退，怯敌畏战，使他颜面尽失。

加之从前线回来的宦官监军边令城，因向封常清与高仙芝索贿不成，怀恨在心，竟向圣人大进谗言，说二人贪生畏死，有通敌之嫌。此言一出，骄傲自负的圣人岂肯饶恕，就像当初连杀三子一样，一道诏令传到潼关，封、高二人就因"失律丧师"之罪被一同处斩了。

由此，大唐在一日之内，痛失两员大将。

至于安禄山，在攻入洛阳不久后，即天宝十五载（756年）正月初一，他五十三岁生日那天正式僭位，自称大燕皇帝，年号"圣武"，公然与圣人分庭抗礼——毕竟他的长子安庆宗全家都已被圣人杀害，两人的关系不可能再回头。

潼关失守

　　紧接着，已经中风偏瘫在家的陇右*节度使哥舒翰，被圣人派人强行抬了出来，担任讨逆兵马副元帅，统率新近集结的二十万大军，负责潼关前线的军事工作。

　　进驻潼关之初，他采取了与封、高二人一样的策略，不断加固城防，深沟高垒，闭关固守，从正月的早春一直守到六月的初夏，叛军都未曾西进一步。

　　如今再回看这段历史，当时在河北，郭子仪与李光弼的大军已经接连败退史思明，如果哥舒翰再坚持个十天半月，他们就能带领着朔方**军直捣安禄山的范阳老巢。失去了根据地和后方补给，叛军必然人心涣散，不攻自溃，土崩瓦解也在顷刻之间。

　　但历史没有如果，叛军摸透了圣人求胜心切的心理，见

———————

强攻不成，便多次佯装溃败引诱哥舒翰出关。尽管哥舒翰作为久经沙场的老将，一眼就看出其中诡计，并未予以理会，奈何杨国忠与哥舒翰素有嫌隙，他担心手握重兵的哥舒翰进一步做大，竟向圣人进言说，目下叛军久攻潼关不下，其军心已然涣散，哥舒翰若再坚守不出，恐将坐失良机。

于是，那年（756 年）的六月四日，在圣人的再三催促下，哥舒翰几乎是哭着出了潼关——毕竟有了两位老战友的前车之鉴，不出关就是抗旨找死，出关运气好还能有条活路。

果不其然，哥舒翰刚出潼关没多久，就在灵宝 ★ 的峡谷地带遭遇叛军的伏击，辛苦集结起来的二十万大军，几乎全军覆没，就连哥舒翰本人也成了叛军俘虏，不久便被杀害。

经此一役，唐军损失惨重，前方战况立马急转直下，潼关失守致使长安门户洞开，随时有被叛军攻陷的危险。而身在河北的郭子仪和李光弼也不得不停止反攻，准备回师勤王，由此也给了史思明以喘息之机，刚刚收复的河北大片土地也重新被叛军占领。

★　今河南灵宝一带。

长安陷落

潼关失守的消息，很快传到长安，满朝文武惊慌失措。在右相杨国忠的建议下，圣人舍弃了全城百姓，于凌晨时分带着贵妃姊妹、皇子皇孙及众多贵戚官员，从大明宫禁苑西门秘密出发，并由龙武大将军陈玄礼率三千禁军随行护送，仓皇逃奔蜀地。

不久之后，历经北周隋唐两百多年营造的长安，就被长驱直入的叛军马蹄攻陷了。叛军在城中放下一把大火，烧了三天三夜，也烧醒了还沉睡在盛世美梦中的人们，如狼似虎的叛军士兵，一个个像魔鬼一样破门而入，丧心病狂，奸淫掳掠，无恶不作。

顿时，长安城里哀鸿遍野，充斥着哭喊与呼救，外国使节、胡商胡贾纷纷出逃，无数百姓惨遭屠戮，王公贵戚的府邸也被洗劫一空，曾经的繁华帝都，瞬间变成了血海炼狱。

而我，由于官位不高，未被圣人提前通知出逃，没能跟上大部队，刚跑出长安没多远就被叛军抓获了。但不知道为什么，抓住我后，安禄山并未立刻杀了我，甚至想请我去宫中给他唱诗，还说自从上次太液池一别，就一直对我的歌声念念不忘，希望能再听一次。

我身为大唐的臣子，怎能为贼首安禄山献唱？但不去便是死罪——无奈之下，我只得吞食哑药，致使声带受损，从此再也无法歌唱，大病一场后，醒来已是半个废人了。

即使如此，安禄山还是不肯放过我，竟强行授我以伪官，官职仍是给事中——他表示如果我不接受，他将会屠杀更多的臣民百姓，将会有更多无辜的人因我而死。

于是，为避免百姓再遭劫难，我只得违心接受了他的任命。

凝碧池头

此时的长安城，由于已被手下的士兵糟蹋殆尽，不再适合居住，在安排好相关防务后，安禄山就重新回到了洛阳。我与其他被俘虏的大臣，也随他一起被押送到了那里。

安禄山把我们这些并非真心归附的大臣一同囚禁在了洛阳郊外的菩提寺里，那是个很多年都没有人打理的落魄老庙，阴暗潮湿，灰尘满布，居于其间如同猪狗。

那段日子，我每天战战兢兢，看着身边的同僚要么因屈服于安禄山的淫威而甘愿沦为供他取乐的小丑，要么因奋起反抗而惨遭他的杀害，我懦弱得连一句话也不敢说。

直到有一天，安禄山在凝碧池边大摆庆功宴，我亲眼看到一个叫雷海青的乐工因不肯为安禄山演奏而被他残忍肢解，我心头的痛苦终于达到了顶点。

我和雷海青很早就认识，他是我任太乐丞时的下属——自古忠臣不事二主，他一个乐工尚且如此，我是大唐的朝廷命官，怎能继续苟且偷生。由此，从宴会返回菩提寺后，我写下了一首绝命诗，并打算就此殉节，以激励在前线与叛军作战的将士，诗言：

万户伤心生野烟，百官何日更朝天。

秋槐落叶空宫里，凝碧池头奏管弦。

然而，就在此时，一直在辋川隐居的裴迪听闻了我的遭遇，竟冒死跑到洛阳探望我，因他并非官场中人，看守的士卒并未过分为难他，仅索要了一笔贿赂，便把他放了进来。

看过我的新诗后，裴迪为我的遭遇难过不已。

但他同时也告诉我，当前的局势已有了新的变化，杨国忠在马嵬驿被哗变的禁军杀害，贵妃也被逼自缢身亡，太子李亨则在朔方灵武 * 登基，并遥尊圣人为太上皇。目前新皇帝正在朔方集结力量，郭子仪、李光弼、仆固怀恩等大将纷纷响应，新的反攻即将开始。

裴迪的话，让我激动不已，我知道大唐又有救了。

★　今宁夏灵武。

两都收复

新皇帝的年号叫"至德"——取自天宝四载（745年）他和圣人一起抄写的那部《石台孝经》："非至德，其孰能顺民如此。"寓意他擅自登基并非大逆不道，而是应天顺民。

至于叛军这边，还没等朝廷的军队打过来，自己就已经先乱了起来。

至德二载（757年）正月，刚过完五十四岁生日的安禄山迎来了他的报应。此时的他由于过度肥胖，各种疾病纷至沓来，全身长满了毒疮，双眼也逐渐失明，病痛的折磨让他的性情越来越残暴，稍不顺心，就拿鞭子把人往死里抽，身边的亲信大臣皆受其苦。

最终，不堪忍受的众人，怂恿安禄山不受待见的次子安庆绪，一起趁着安禄山熟睡时闯入了他的寝宫，合谋把他杀害了，据说他们还抛开了他的肚子，肥肠流了一地。

安禄山做梦也不会想到，他居然会死在自己亲生儿子的手里。

就这样，"大孝子"安庆绪成了伪燕政权的第二位掌权人。相比他久经沙场的父亲，他对行军打仗可谓毫无经验，在唐军的轮番进攻下，节节败退。

至德二载（757年）八月，面对大好形势，新皇帝下令对叛军发动总攻；九月，他以长子广平王李豫为天下兵马大元帅，郭子仪为副元帅，率领大唐及回纥联军，共计兵马二十万，收复了西京长安；十月，唐军乘胜追击，东都洛阳也被迅速收复，安庆绪仓皇逃奔河北。

与此同时，远在范阳大本营的史思明，见安家父子大势已去，又重新归复了大唐。

皇帝很高兴，封史思明为归义郡王、河北节度使，并命他与长子史朝义一起，率军前往相州邺城＊，剿灭安庆绪残部——至此，除相州外，河北各州郡全部重归大唐版图。

紧接着，皇帝和圣人先后返回了长安，大唐至少在表面上暂时恢复了和平。

＊ 今河南安阳一带。

事后清算

　　返回长安后，皇帝做的第一件事，就是对战争中被叛军俘虏的大臣进行清算，包括我的好友储光羲在内，很多人都被贬谪流放到了岭南等烟瘴之地。本以为我也会遭到同样的下场，但我的弟弟王缙却冒死为我求情。

　　那时，弟弟作为太原少尹，在叛军攻陷太原后，他就率领着残部，投靠了新任河东*节度使李光弼，继续在前线参与平叛。正是在他们的指挥下，太原被重新夺回，史思明也接连遭遇大败，始终无法与安禄山的前方部队会合，河北大片土地得到了光复。

　　原本因为军功，弟弟已被升任为刑部侍郎，但为了救我，他甘愿以自己的功劳和官位抵罪，于是朝廷便撤销了他的任命。同时，鉴于邺城的安庆绪还未完全剿灭，他又是李光弼麾下的得力干将，故仍准许他以白衣身份继续回前线平叛。

＊　今山西西南一带。

至于裴迪，作为官场外人，也亲自为我作证。他讲起了我不愿效忠安禄山及吞食哑药的事情，并拿出了我在菩提寺中所写的诗，表明我仍旧心向大唐，受任伪官实属被逼无奈之举。朝廷两相权衡，决定折中处理，降我为太子中允，以示惩戒。

从此之后，侥幸脱罪的我，变得更加无心官场，除偶尔参加一些重要的朝会活动外，便终日与裴迪等人隐居辋川，观山打坐，诵经礼佛，很少再过问政事。

至德三载（758年）二月，皇帝眼见大唐转危为安，似乎即将迎来中兴之世，龙心大悦，随即册封平叛有功的广平王李豫为太子，郭子仪、李光弼等将领也均被封赏。同时，他还宣布大赦天下，并改年号为"乾元"，出自《易经》，取"大哉乾元"之意。

后起之秀

乾元元年（758年）的初春，长安城已经恢复了往日的秩序。

虽然酒肆中已不再有当年的胡姬歌舞，但市坊的商铺又重新开始营业，道路上车马往来，百姓们也渐渐从两年前那场刀山血海的恐怖中走出，呈现出一派欣欣向荣之景。

也是那一年，皇帝在大明宫含元殿举行了他登基以来的第一次早朝大会，身在长安的文武两班大臣悉数参加，我与岑参、贾至、杜甫等人在散朝后不期而遇。

那时，岑参刚从西域的北庭都护府归来不久，被授以门下省左补阙，此前他曾在封常清的帐下任幕僚多年，这次回长安，是想和他的好友高适一样，去前线参与平叛。

贾至与岑参同龄，两人都晚生我十七岁。贾至因扈从圣人去蜀地有功，年纪轻轻就被封为中书舍人，不久之后，还将调往汝州做刺史。

眼见分别在即，贾至便与我们写诗相赠。

自然，我们也纷纷回礼，最先动笔的人是话最少的杜甫，他比我小十一岁。据说安禄山造反后，他就从家中独自北上，一路冒死逃脱叛军，只为赶到灵武朝见新皇帝。皇帝见他一路风尘仆仆，麻鞋烂衣，饿得皮包骨头，感念他的赤诚与执着，便封他做了左拾遗。

虽然杜甫的诗还需要磨练，但在他写诗的过程中，我总能看到他那笃定的眼神，其中似乎蕴藏着某种我说不出来的东西，而我每日在家膜拜的佛像，也有类似的眼神——我在想，如果这个年轻人一直这样坚持下去，也许不久的将来，在写诗这件事情上他会超过我。

此次，我作为诗坛前辈，是最后一个写的。

看着饱经战火摧残的长安城终于再度恢复和平，我的心头感慨万千，不禁想起开元年间的繁华景象，我预感到那样的景象以后都不会再有了。片刻沉思后，我提笔写下：

绛帻鸡人送晓筹，尚衣方进翠云裘。

九天阊阖开宫殿，万国衣冠拜冕旒。

日色才临仙掌动，香烟欲傍衮龙浮。

朝罢须裁五色诏，佩声归向凤池头。

我想，这该是我献给大唐的最后一首赞歌吧。

软禁深宫

　　自那次早朝大会后不久，皇帝便把圣人的住所从兴庆宫搬到了更为破败的太极宫，使圣人进一步远离了百官与朝堂，从此再也不许他干预政事。

　　说到太极宫，在太宗皇帝兴建大明宫之前，它一直是长安城里最宏伟的宫殿，当年高祖皇帝便是在这里登基称帝，正式创立了大唐，直到圣人的父亲睿宗，其晚年的太上皇生涯也是在此度过的。而圣人自己，同样与太极宫有着莫大渊源。

　　年轻时的圣人，正是在太极宫的玄武门外，效仿太宗皇帝发动兵变，一举剿灭了韦后一党的叛乱，并由此把大唐带入一个全新的辉煌时代。

　　对于皇帝的软禁，圣人虽有怨言，但也无可奈何，毕竟现在大权都在皇帝手中。更何况他过去对待皇帝和其他儿子的态度并不好，甚至还多次想要废黜皇帝的太子之位，连皇帝的女儿荣义郡主也惨死在他手上，皇帝能留着他养老已经算是不错了。

此时的圣人，身边已经没有了朋友，堪称名副其实的"孤家寡人"。想起过去种种，他常陷入无尽伤感——新皇帝宠信的宦官李辅国为了独揽宫中事务，进谗言贬走了曾经的上司高力士，就连一直陪在圣人身边护驾的大将军陈玄礼不久前也病逝了。

与此同时，为了进一步阻隔圣人与外界的往来，皇帝甚至下令没有他的允许，任何外臣都不得私自探望圣人。垂垂老矣的圣人，只能每日与旧时宫女及梨园子弟为伴，一边弹奏着他当年亲手创制的《霓裳羽衣曲》，一边回忆自己曾经所缔造的美好，聊以自慰。

直到有一天，一个老宫女独自从太极宫跑来辋川找我。

她说，圣人想见我。

为此，我虽明知皇帝的禁令，但还是决定去看一看圣人，毕竟我作为一个并没什么实权的闲散官员，去应太上皇的召见，相信皇帝也不会过分怪罪。

红豆相思

那是自圣人出逃蜀地以来，我第一次见他，也是最后一次。

说实话，他当时的模样，让我有些不敢相信。才不过两年光阴，他竟已满头白发，衰老得不成样子，想起他年轻时不可一世的风采，我不禁有些眼眶湿润。

"你来了？"他问。

"是。"我说。

"我最近常常想起贵妃，也想起你过去写的那首诗。"他像在对我说，又像在自言自语。

"陛下，您说的是哪一首？"我问。

"红豆生南国，春来发几枝。愿君多采撷，此物最相思。"他自顾自读着。

"那是当初臣写给李龟年的。"我笑了笑，说道。

"能再唱给我听听吗？很久都没听过你唱诗了，上一次还是在太液池边，贵妃的生日宴会上。"他也笑了笑，说道。

"臣的嗓子已经毁坏，无法为陛下歌唱了，我弹给您听吧。"说完，我接过宫女手中的琵琶，弹起了当年李龟年为这首诗所谱的曲子——据说安禄山攻陷长安后，李龟年就在战乱中不知所踪，有人说他去了江南，在酒肆中以卖唱为生，再也没有回来过。

看着眼前这个我年少时无比崇拜的君王，正闭目倾听着我的琴声，他眉头低垂的神情，就像一个遭受了重大打击的孩子，竟使我的心头也突然涌出了无尽伤感。

惆怅之余，我环顾四周——此时，经历安禄山洗劫后的太极宫，早已不复往日的金碧辉煌了，只是在圣人寝殿的墙上，至今还挂着贵妃的画像。

画上的她，还是那样的美，那样的天真与无邪。

邺城之围

乾元元年（758年）的秋天，河北前线的战事又有了新的变化——表面归唐的史思明，面对皇帝再三催促他发兵攻打安庆绪，始终没有做出任何积极回应。

对此，皇帝倍感失望，便打算派人暗中除掉史思明，同时改派郭子仪、李光弼等九镇节度使，发兵二十万前往邺城，围剿已然穷途末路的安庆绪。

此时的邺城，在安庆绪的严密封锁下，早已弹尽粮绝多时，甚至都开始出现人吃人的惨象。再这么下去，不用等唐军打进来，城里就已经自行崩溃了。

目睹城中种种乱象，安庆绪双眼通红，面色惨白。而城外声势浩大的唐军，更是让他从精神到肉体都陷入了极度的恐慌。无奈之下，他竟以帝位相让，向范阳的史思明求援。

恰巧此时，大唐皇帝想要除掉史思明的消息也已被人泄露，这让史思明反心复起，以至于刚一收到安庆绪的求援信，他就气势汹汹带领着十三万大军南下，并于年末成功夺下了邺城北面的魏州*。他在魏州设坛祭天，自称大圣燕王，再次公开背叛了大唐。

到了第二年的三月，一直在魏州坐山观虎斗的史思明，眼见唐军与安庆绪双方已经打得精疲力竭，且濒临崩溃的安庆绪持续派人前来求救，他才终于决定发兵，坐收渔人之利，亲率大军抵达邺城附近的安阳河畔，主动与围剿邺城的唐军约战。

至于朝廷方面，接连经历了两次节度使叛乱，导致皇帝对各镇节度使都不放心，军队的实际指挥权落到了皇帝宠信的宦官手里。这个宦官叫鱼朝恩，常年深居宫中，毫无作战经验，竟被委以监军重任，监领九镇节度使兵马，且此人自视甚高，根本不听郭子仪等人的建议，使得本来人数占优的唐军，军心动荡，士气低迷。

★ 今河北邯郸一带。

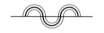

天狗食日

史思明的嚣张挑衅，让大唐皇帝大为恼火。他随即再次下诏，几乎倾全国之兵，共计约六十万人马，列阵于安阳河北岸，誓要彻底铲除叛军余孽。

唐军的大举进攻，让史思明自知已无退路，竟身先士卒，趁唐军大部队阵脚未稳之际，亲率五万精兵出击。李光弼等将领率部与之鏖战，双方各有损伤，难分胜负。

但就在此时，天空突然出现了异象，本来还风和日丽，顷刻间，就狂风大起，到处飞沙走石，天昏地暗，有人管这种现象叫"天狗食日"，也就是日全食。

由于敌我双方的大部分人都是头一回见到这种场面，顿时被吓得乱作一团，谁也不敢再继续战斗下去了，纷纷丢盔弃甲，像无头苍蝇一样各自逃窜。

身在后方主帐的郭子仪与鱼朝恩也目睹了这一异象。还没等郭子仪布阵，鱼朝恩就慌忙下令全线撤军，导致数十万唐军一时阵脚大乱。除李光弼等人的部队驻防留守外，其余节度使相继率领各自兵马溃逃回本镇。溃逃的士兵一路烧杀剽掠，与叛军及盗匪无异。

就这么着，因为一场"日全食"，六十万唐军匆匆散场。事后，鱼朝恩为了洗脱罪责，竟向皇帝进谗言，把前线溃散的责任全推到了郭子仪身上。不久，皇帝就解除了郭子仪的兵权，改任李光弼接替郭子仪为朔方节度使、天下兵马副元帅，全权负责平叛事宜。

至于另一边，六十万唐军的大溃退，让史思明的叛军士气大振，他们都认为这是上天在庇佑"大燕"，变得更加不畏惧唐军，史思明的个人声望也由此达到顶点。

之后，史思明便率军进入了邺城，并以弑父不孝的罪名鸩杀了已经没有利用价值的安庆绪，替自己的发小安禄山"报仇"。同时，他自立为伪燕新皇帝，建都范阳，年号"顺天"。

乌合之众

乾元二年（759年）九月，史思明趁着军队士气正盛，集结重兵南下。

叛军的马蹄一路势如破竹，很快便逼近了东都洛阳。

唐军统帅李光弼鉴于洛阳地势平坦，无险可守，为避免三年前的悲剧重演，他向朝廷请旨放弃了洛阳，并下令洛阳臣民一律迁至潼关之内。与此同时，他亲率两万唐军退守河阳三城*，坚壁清野，与叛军隔黄河对峙。

到了九月末，叛军正式进入已是空城一座的洛阳，双方的战事就此陷入僵持阶段，长达两年之久。而在这两年间，大唐的年号也从乾元改成了上元。

上元元年（760年）六月，本该身为罪臣的我，被升任为尚书右丞，这是我一生中担任的最后一个官职，后世也常因此称我为"王右丞"。然每当我回想起曾经和我一样事任过

---
* 今河南孟津一带。

伪燕的同僚一个个惨遭流放，我便为此感到羞愧不已。

至于前线的战事，直到上元二年（761年）才再次迎来转机——史思明的儿子史朝义，因不堪忍受父亲的欺辱，竟伙同属下杀掉了父亲，自己急匆匆在洛阳登基称帝。

这个史朝义和安庆绪一样，都是不学无术的纨绔子弟，志大才疏，根本不懂治国行军之道，致使本就根基不稳的伪燕政权变得更加动荡——在圣人以孝治天下的号召下，居然能同时出现安家与史家这两对父子，实乃滑天下之大稽。

叛军的再次内乱，为唐军的反攻创造了绝佳条件，不久，洛阳就重新回到唐军手中。而大势已去的史朝义，纵然还在做着最后的困兽之斗，但早已人心尽丧。

这帮乌合之众，几乎毁掉了大唐。如今，他们的死期就要到了。

空山新雨

晚年惟好静，万事不关心。

上元二年（761年）的夏天，我又生了一场大病，早已厌倦官场的我，预感自己即将时日无多，便索性向皇帝上表请辞，并想用我的官职换弟弟回长安。

或许是被我们兄弟之间的感情打动，皇帝欣然应允了我的请求，不但让弟弟重新回来，还让他官复原职。而我，则在辋川过起了最后的田园生活。

和我同一年生病的，还有李白。据说他正寄居在当涂★族叔李阳冰的家中，日子过得不太好。得知这个消息，我有些难过——我知道，我们都快要跟这个时代告别了。

此外，由于弟弟早已成家，且平日公务繁忙，很少再来辋川了，在我最后的那段日子里，陪伴我最多的人是裴迪，此时他已经四十五岁了——初见他时，我也四十五岁。

★ 今安徽当涂县。

不久前，他刚被皇帝任命为蜀州刺史，下个月就要去赴任了。

"你终于想通了。"我说。

"是的，如今叛乱即将平定，乱世需要军人，和平时期则需要你我这样的人。"他说。

"那你便去吧。"我说。

"那你呢？"他问。

"我已经老了，有窗外的梅花做伴，足矣。"

只见我话音刚落，窗外就忽然下起了一阵细雨，年少时在蒲州也曾下过类似的雨，轻盈的雨丝在山谷中随风飘洒，洒进我的院子，洒在佛前的几瓣梅花上，散出淡淡的清香。

"再陪我看一场雨吧。"我说。

"好。"他说。

江河万古

杜 甫

生于唐玄宗先天元年春（712 年 2 月 12 日）

卒于唐代宗大历五年冬（770 年）

天才之死

王维死后一年多，李白也死了。

关于李白的死，民间有很多猜测，流传最广的一种说法是，某天夜里，他在船上喝醉了酒，要去捞水中的月亮，结果不慎失足落水，淹死了。

这种世人对李白之死的浪漫想象，颇具哲学意味，但很明显是与事实严重不符的。不过事实究竟如何，世人也是不关心的，他们只是需要一个自己心中想象的李白，来慰藉自己乏善可陈的平凡人生。

李白死的那一年，是宝应元年（762年）的冬天。

四年前，他因受永王李璘谋反案的牵连，被流放夜郎。但他还没走到夜郎，就发生了关中大旱，肃宗宣布大赦天下，他也得以重新返回中原。

在生命的最后几年里，李白依旧本性不改，早已没有金钱可供挥霍的他，继续过着四处漫游的生活，由于没有什么具体的营生，全靠着昔日旧友的接济才能勉强度日。

　　直到上元二年（761 年），已经六十岁的李白，因为过度饮酒生了一场大病，预感自己即将不久于人世的他，才被迫去往安徽当涂，投靠他在当涂做县令的族叔李阳冰，生活才算稍微安定下来，但留给他的时间已经不多了。

　　李白病重的时候，我正住在成都的浣花草堂，日子过得也不太好，房子经常刮风漏雨，老婆孩子跟着我吃了上顿没下顿，全家人都苦闷不已。不过我还是会时常想起李白，每次想到他，我的心情就会好很多——是的，他就像我的太阳。

　　然而，太阳也有落下的一天，李白最终还是走了。在临走之前，他写了首《临终歌》，依旧像年轻时那样把自己比作振翅高飞的大鹏鸟，我想，他应该是得道飞升去了吧。

奸官弄权

　　李白去世的同一年，在朝廷那边，玄宗与肃宗父子也先后驾崩——这些人的相继离世，就像事先商量好的一样，为一去不返的大唐盛世画上了一个并不完满的句号。

　　上元三年（762年）的四月，也就是肃宗病危的时候，一直陪伴在肃宗身旁的张皇后，为了在肃宗去世后能继续干预朝政，竟与属下密谋，准备杀掉不太听话的太子李豫，改立越王李系为太子。可惜他们的密谋还没来得及实施，就被宦官李辅国发现了。

　　这个李辅国原本就因争夺宫中权力，与张皇后有着很大的矛盾。得知此事后，他果断选择和太子李豫站在一边，伙同另一位宦官程元振带兵闯入后宫，逮捕并幽禁了张皇后及越王李系等人。而在张皇后被幽禁的当天晚上，肃宗就抱病死去了。

　　到了第二天的早朝大会，在李辅国与程元振等人的拥立下，太子李豫登基成为大唐的新皇帝，他宣布改"上元三年"为"宝应元年"，踌躇满志，准备开启大唐历史新的篇章。

至于李辅国与程元振二人，皆因拥立有功被加官晋爵，一时权倾朝野。

特别是李辅国，作为拥立的头号功臣，直接升任司空兼中书令——据我所知，有唐以来还没有宦官做中书令的先例，而上一个做到宰相的宦官，还是秦时的赵高。

后世有句话叫："欲使其灭亡，必先使其膨胀。"这句话用在李辅国身上同样合适，陛下之所以对他礼遇有加，除拥立之功外，主要还是考虑到他手中的兵权。

割首喂猪

自肃宗登基后，有了安禄山的教训，出于对各镇节度使拥兵自重的警惕，皇帝选择委派自己的亲信宦官去前线监军，代皇帝行使掌兵之权，且权力越来越大。

李辅国便是其中的佼佼者，他不仅一步步掌控了禁军，而且正是在他的一通操作下，玄宗遭到了软禁，郁郁而终，甚至有传言说连肃宗也是被他吓死的。

有鉴于此，陛下早在当太子的时候，就对李辅国的种种劣行恨之入骨。但为了能顺利继位，他只得暂时倚仗其力量。待登基之后，则无时无刻不在思考如何将其除之而后快。

而想除掉李辅国，首先要做的是收回他的兵权。

宝应元年（762 年）五月，登基才一个月的陛下，就迫不及待展开行动了。

但越是到最后时刻，往往越是要沉住气——为了让李辅国放松警惕，陛下可谓是下足了功夫，甚至不惜屈尊称李辅国为"尚父"，晋爵博陆郡王，遇事也必先请教李辅国。

这让李辅国不禁心花怒放，得意忘形，走上了人臣巅峰的他，终于飘飘然起来，似乎还真把自己当成了指鹿为马的赵高，对于陛下暗中架空他兵权之事，竟毫无觉察。

而他的大意，也最终让他付出了生命的代价。

收回兵权不久后，陛下就与李辅国的老搭档程元振合谋，派人深夜假扮盗贼，悄悄潜入李辅国的家中，神不知鬼不觉，就把还在睡梦中的李辅国给杀了。

据说他的死相很难看，头颅被割下来，丢进了肮脏的市井猪圈中，任由猪狗们疯狂啃食。在他死后，陛下又追赠他为太傅，谥号曰"丑"，可谓极尽荣辱了。

白日放歌

宝应二年(763年)正月,前线的平叛之战已进入最后阶段。

逆贼史朝义被新任朔方节度使仆固怀恩的军队打得走投无路,准备北上投靠契丹部落,结果被他企图归唐的部将李怀仙、田承嗣等人率军包围,最终落得个自缢身亡的下场。

至此,历时近八年之久的安史之乱,终于宣告结束。

得知这个消息的时候,我和妻儿还寓居在成都。我们的草堂又漏水了,我正在为如何修补屋顶的事情发愁,听闻唐军得胜,犹如春雷巨响,令我瞬间喜极而泣,连房子都懒得修了。

我大笔一挥,写出了生平少有的一首快诗:

剑外忽传收蓟北,初闻涕泪满衣裳。

却看妻子愁何在,漫卷诗书喜欲狂。

白日放歌须纵酒,青春作伴好还乡。

即从巴峡穿巫峡，便下襄阳向洛阳。

虽然后来我因肺病发作，并未真的踏上返乡的归途，但我当时激动的心情却是真切的——安史之乱打了八年，我带着妻儿漂泊了八年。八年来，我们几乎没有过几天好日子，经历了太多的死亡与离别，我感觉如果战争还不结束，我就要麻木了。

然而，我激动归激动，在朝廷方面，安史之乱平定后本该论功行赏，却由于宦官程元振、鱼朝恩等人的谗言与诽谤，平叛有功的将领们并未得到应有的待遇——郭子仪被解除兵权，李光弼被外放徐州，襄阳节度使来瑱甚至直接被迫害致死。

关于为什么会出现这种情况，坊间有很多猜测——有人说是因为宦官与武将们有过节，索贿不成，遂以公报私；还有更为腹黑的一种说法是，陛下才是幕后真正的操控者：自安史之乱后，各镇节度使拥兵自重的情况越来越严重，大有威胁皇权之势，陛下是要借宦官之手，替自己铲除已然在平叛中壮大的藩镇势力。

出逃陕州

　　宝应二年（763年）七月，鉴于安史之乱的全面平息，陛下为彰显自己中兴大唐的壮举，决定改元为"广德"，大概就是"功德无量"的意思。

　　但令陛下没有想到的是，他之前一系列怠慢功臣的操作下来，竟使刚安定没多久的大唐再一次陷入危机——当年九月，一直在西边虎视眈眈的吐蕃，看准了大唐内乱初平，军队疲惫空虚，急需休整的空当，竟从多路同时出发，大举东进，很快就逼近了长安。

　　此时，程元振由于帮陛下铲除李辅国有功，已经接替李辅国成了朝中新贵。正是由于他的隐瞒，陛下到十月才知道吐蕃进攻的消息。然为时已晚，陛下只得紧急下诏，向各镇节度使发布勤王诏书，可节度使们皆因不满陛下宠信程元振而拒绝出兵。

　　于是，仿佛八年前的历史重演，陛下选择了放弃长安，率领百官贵戚，慌忙出逃，一直逃到了陕州*。

在时任陕州观军容使鱼朝恩及其麾下神策军**的护卫下，陛下及随行百官贵戚的情势才稍微稳定——最终，被逼无奈的陛下只得听从随行大臣的建议，罢免了程元振，这才换得与各镇节度使之间微妙的和解。

之后，赋闲在家的郭子仪被重新起用，吐蕃方面听说郭子仪回来了，因畏惧郭子仪的威名，再加上他们从高原突然跑到低海拔地区，不少人都发生了"低原反应"，生理和心理都极为不适，不久便匆匆撤离了长安，陷落十五天的长安再次被唐军收复。

紧接着，陛下从陕州重新回到了长安，并在一众大臣的奏请下，把程元振流放去了溱州***。但在流放途中，程元振就被"仇家"杀害了。

而所谓的"仇家"，自然就是手握重兵的藩镇节度使们。

★　　今河南陕县。
★★　　大唐禁军之一。
★★★　今重庆綦江。

李白平反

重返长安后，劫后余生的陛下或许是出于愧疚，又或许是出于对参与平叛各镇节度使的安抚，竟忽然决定为安史之乱中蒙冤的功臣及将领平反，郭子仪、李光弼等人皆受到封赏，去世的来瑱也被恢复官爵，甚至连陛下的叔叔永王李璘也在昭雪之列。

当初陛下的父亲肃宗在位时，为了巩固自己的帝位，以"谋反"之名剿灭了正在江陵*统兵平叛的永王李璘。而那时的李白为躲避北方战祸南下，后受永王征召入其幕府，也因此牵连，惨遭流放，被迫背上了"谋反"的罪名。如今永王平反昭雪，就意味着李白也得到了平反。

天不生李太白，大唐诗坛万古如长夜。

李白一生自负，在出世与入世之间纠结往返，一面放荡不羁爱自由，一面又渴求明主做宰相，大半生都怀才不遇，

---

*　今湖北荆州。

好不容易遇到个永王李璘礼贤下士，几经周折，非要请他出庐山，对他来说，如同诸葛孔明遇到了刘皇叔，他怎么能不拼命报答？

但现实对诗人来说总是残酷的，正当他准备挥舞手中长剑，跟随永王的大军开赴前线讨伐安禄山的时候，"谋反"大罪从天而降，一代诗仙遭遇了人生中最重大的一个打击。此后，世人都嘲笑他是政治白痴，但他自己却始终坚信——永王从未谋反。

是的，事实告诉我们，诗人的直觉还是比较准的。

据说后来，陛下还曾派人去当涂找过李白，想招他入朝为官，虽然那时李白已经不在人世了，但我想，他泉下有知应该会感到高兴吧。

洛阳初见

第一次遇见李白，我三十二岁，他四十三岁。

那是在天宝三载（744年）的春天，洛阳城里的牡丹大朵开放，他刚被玄宗皇帝赐金放还，独自从长安跑到了洛阳，而我则正在洛阳郊外的首阳山为参加科考做准备。

听说李白来了洛阳，我无比激动——关于他在长安城里让贵妃磨墨、力士脱靴的壮举，此时早已传遍了天下，我每每想起，都仰慕不已，他做了我想做而不敢做的事情。

我记得那是一个起着微风的午后，我作为一个后生，鼓足了勇气，主动写信约他在洛阳郊外的酒肆中相见，本来只是碰碰运气，没想到他竟赏脸，欣然前来赴约。

初次见面，我们一见如故，他人如其名，一袭白色道袍，分外惹眼。

我与他默默对视，只见他剑眉黑须，虽身长不满七尺，眉宇之间却散发着一股不凡的英气，外加腰横一柄长剑，举手投足，颇有仗剑去国的侠士风范。

我想，真不愧是在大明宫跟圣人喝过酒的男人啊。

得知我准备去长安应考，李白一口气喝了一大碗酒，忽然大笑起来，似乎对此很不屑，说好男儿志在四方，大好年华应该去做点更有意义的事情。

我问他："那什么才叫更有意义的事情？"

"寻仙访道，漫游天地之间，探求人生须臾之真谛。"他又喝了半碗酒，说道。

我望着他一脸认真的神情，有些入迷，感觉眼前这个人真的懂神仙之道。

于是，几天之后，我就匆匆挥别了家人，收拾起行囊，跟着李白在梁宋*之地无所事事地游荡，而在抵达睢阳**时，我们又遇到了高适。

---

* 今河南一带。
** 今河南商丘。

寻仙访道

高适是安东都护、名将高侃的孙子。高侃在跟随李勣灭高句丽的战争中立下过大功，死后被追封为渤海郡王，堪称显赫一时，只可惜到了高适这一辈，家族早已衰落。

那时，高适也已经四十岁了，在科考落第之后，他就一直隐居在睢阳，写诗修道，郁郁不得志，遇到我和李白两个酒鬼，他像是找到了知己一样，主动加入了我们的队伍。

之后，整整半年的时间，在李白的带领下，我们三人逛遍了河南与河北。

从嵩山到王屋山，从元丹丘到司马承祯，我们拜访了能够拜访的所有名山与高士，一路穿州过府，风餐露宿，每日蓬头垢面，诗酒相娱，论天下大势，求宇宙及自然之奥义。

然而，眼见着冬季来临，大雁又开始南飞，天气一天比一天寒冷，我们却始终没有找到所谓的"神仙"，再这么搞下去，别说寻仙了，我们很可能都会被冻死在这荒郊野外。

"我累了，我想回家。"我说。

"我也该回去了，寻仙访道实在太过虚无缥缈，非长久之计。"高适应和道。

只有李白依旧不以为然，决定继续找下去。

无奈，我和高适只得挥别了李白，各自返回了家中。

再后来，我就听说李白去了东鲁齐州*，由于没钱没工作，他竟与当地一个妇人同居，两人还生了孩子，这着实让我没有想到。更让我没有想到的是，他还跑到齐州的紫极宫请道士高天师为他授了道箓，成了一名官方认证的高级道士。

这也算间接为我们三人的寻仙访道之旅，画上了一个句号吧。

---

* 今山东济南。

重逢东鲁

当我再次见到李白，已经是第二年的春天了。

那时，我正好去齐州探亲访友，得知李白也在东鲁，便再次相约一起出游。

记得我上次来东鲁，还是在八年前的开元年间——那时，我二十四岁，刚在洛阳参加完人生中的第一次科考，且遗憾落榜，在兖州*做司马的父亲杜闲得知后，为了安慰和鼓励我，便让我去兖州旅行散心。那是我第一次到东鲁，也是我第一次目睹雄伟的泰山，令我毕生难忘，并写出了"岱宗夫如何，齐鲁青未了"这样的诗句。

扯远了，说回李白，或许是授了道箓的缘故，这次相见，他似乎比之前更加痴迷神仙之术了，除大谈老庄、淮南子、葛稚川外，他还很认真地跟我说，他最近正在研究丹药的制作方法，并表示只要药材的成分配比得当，长生不老药是可

★ 今山东济宁。

117

以炼出来的。

　　对于他的这些言论，我不置可否，只是好心劝告他，研制丹药可以，但这种东西还是尽量少吃——远的如秦始皇就不提了，单说我朝太宗文皇帝，便是因为吃多了丹药，结果一代明君五十出头就驾崩了，如若不然，我大唐必定比之今日还要富强。

　　不过劝归劝，尽管在炼丹这件事情上，我和李白意见不合，却并不妨碍我们继续结伴出游。我们还是和去年一样，在山水间肆意行走，从齐州一直走到了我父亲生前任职过的兖州，往来于各路道观之间，与高人隐者赋诗对饮，谈天说地，一晃又过了大半年的时间。

　　在这期间，我还专程去拜访了时任的北海 ＊ 太守李邕。这个李邕不但是文坛前辈，和我的祖父杜审言也是旧交，作为三朝元老，他以善于提携后辈闻名海内。得知我的到来，他广邀山东名士，大摆宴席，给予了我细心的关怀与招待。

＊　今山东潍坊一带。

青天大道

据说李白年轻时也曾拜访过李邕，但或许是因为儒家礼教的传统，李邕对他很不待见，觉得他恃才傲物，放荡轻佻，难成大器，让他很是吃了一顿闭门羹。

有鉴于此，我去拜访李邕的时候，李白并未与我一同前去。

与李邕不同，我虽然也生于儒学世家，却打心眼里喜欢李白，尤其是他身上的那股率真之气，在我看来，一个真正的诗人就该像他那样洒脱、天然地活着。

所以，在拜访完李邕后，我便继续陪着李白在山间闲逛了。

记得有一次，我们实在是走累了，逛不动了，就随便找了家道观投宿。李白仍觉不尽兴，又找道童借了不少酒来，一直跟我喝到深夜，依然没有要停下来的意思。

最终，在道长的再三催促下，李白这才面带不悦，与我一起回到了卧房。

那一天是中秋，万家团圆的日子，窗外的气温再次转凉，为了能睡得暖和一些，我们俩挤在同一张床上。起初，房间里安静异常，直到李白开始说话。

"子美啊，能告诉我，你的志向是什么吗？"躺在我身旁的李白，醉眼蒙眬，忽然问道。

"致君尧舜上，再使风俗淳。"我望着窗外皎洁的月光，脱口而出。

李白抬眼看了看我，没有说话。

"那你呢，你的志向又是什么？"我问。

李白又看了看我，像是被我的话刺激到了，他猛地从床上坐起，并一把推开了窗户，冲着窗外的茫茫夜空，放声呼喊："大道如青天，我独不得出！"

那呼喊，恍若天上的惊雷，瞬间打破了山间道观的宁静。

但这还不够，喊完了，他又陷入短暂的沉默，随后，又突然失声痛哭起来。

那是我第一次看见李白哭，让我不知该如何是好，只得一把将他抱住，说道："你别这样，会吓到大家的。"

首阳山下

结束东鲁之游后，我和李白就各奔前程了——他继续留在东鲁修道，我则重新回到了首阳山，继续为一年后的长安科考做准备。此后，我们就再也没有见过面。

说到首阳山，它位于东都洛阳与我的出生地巩县*之间，据说当年周武王灭商，商的旧臣伯夷与叔齐因不食周粟，最终就是在这座山上饿死的，此山也因之闻名天下。

此外，我的家族墓地也在首阳山，从我的十三世祖杜预，到我的祖父、父亲、母亲乃至姑母，他们全都埋在了这座山上。而我，在姑母和父亲相继去世之后，也和妻子一起搬到了首阳山下居住，一来是为了守孝，二来也是为读书备考寻个安静之地。

说到我的家族，每每想起，我都会感到无比自豪。

在我曾祖父出任巩县县令之前，我们家一直住在长安的

——————————
*　今河南巩义。

杜陵，被称为"京兆杜氏"。而我，由于在家族同辈中排行老二，大家都习惯叫我"杜二甫"。

翻开家谱，我的十三世祖杜预，是魏晋时有名的军事家和学者，当年正是由他率领晋军，灭亡了东吴，结束三国乱世，让天下重归一统。此外，在征战之余，他还抽空为《孙子》《春秋》《左传》等学术典籍作注，流传四百余年，至今仍在沿用。

正因如此，杜预不但生前就被封侯拜相，死后更是成为有史以来除诸葛孔明外，唯一同时入选武庙和文庙的人，可谓是经历了极为精彩与显赫的一生。

当父亲第一次把杜预的事迹讲给我听时，我就彻底被这个男人给迷住了。我在心中暗暗发誓，长大以后也要像他一样，文能提笔安天下，武能马上定乾坤，为君王社稷出长策，为天下苍生谋福祉，建立一番不朽功业，才不枉来世上走一遭。

诗吾家事

从杜预到我这一代，四百余年光阴，不知经历了多少朝代与国家，"京兆杜氏"虽比不上"五姓七望"来得显赫，但好歹也算名门大户，世代都是官宦人家。

先天元年（712年）的春天，也就是玄宗皇帝登基的那一年——我在巩县的杜家宅院中出生，当时父亲正在离巩县不远的郾城*当县尉，作为他的第一个孩子，我的到来似乎给他平淡无奇的仕宦生涯带来了一抹新的亮色与希望。

至于我的母亲，那就厉害了，她来自大唐"五姓"之一的"清河崔氏"。据说她的母亲，也就是我的外祖母还是太宗文皇帝的重孙女——所以往远了说我也算是"皇亲国戚"。只可惜母亲在我很小的时候就因病去世，我们与李唐皇室的这层关系也就此断掉了。

最后，再提一下我的祖父，他叫杜审言，曾历仕三朝，

---

* 今河南漯河。

是则天皇后时期的"文章四友"之一，与宋之问、沈佺期等人齐名。虽然他后来因为牵扯进"神龙政变"被贬，且在我出生之前就已经去世，但正是因为他的影响，我们家的读书氛围一直特别浓厚。

我很小的时候就已经博览群书，七岁就能写诗歌咏凤凰，九岁已书法了得，街坊们纷纷赞我为神童，说我将来必定能像先祖杜预那样前程远大。

所以，尽管我的祖父和父亲生前做的官都不大，但有鉴于这样的家庭背景与出身，我青少年时代的生活条件还算优渥，与我后来苦大仇深的形象有很大不同。

对于那时的我来说，写诗就像我骨子里流淌的血脉和基因，就像我家谱上那些耀眼的名字，是再自然不过的事情，正如我后来在一首诗里写的："诗是吾家事，人传世上情。"

有唐义姑

在母亲去世之后，父亲又续娶了卢氏为妻，并生育下几个子女。同时，因为他要去外地任职，担心我跟着继母生活有所不适，便把我托给了在洛阳的姑母抚养。

由于姑母的丈夫，也就是我的姑父曾在长安下辖的万年县做过县令，姑母也被朝廷封为"万年县君"。乐善好施的她，深得街坊邻里的敬重——在大唐，京兆地区的县令为正五品，已经属于中层干部了，所以尽管东都洛阳寸土寸金，姑母家的生活仍旧不错。

我去洛阳时，姑父已经去世了，只剩姑母独自带着几个下人操持着家务。姑母待我视若己出，每天亲自教我和表哥读书写字，日子也算融洽——也是在那时，我第一次在洛阳街头看公孙大娘舞剑，在王公贵族的府邸听李龟年弹琴，那场面让我至今都念念不忘。

然而，幸福总是短暂的，后来不知怎的，洛阳突然发生了瘟疫，我和表哥不幸同时染病。为了给我们治病，姑母访遍了洛阳的所有名医，寻遍了山川百草，最后才终于找到一棵据说是能治病的草药。可这时就开始犯难了，因为一棵草药只能救一个人。

让我万万没想到的是，我伟大的姑母竟瞒着我和表哥，悄悄把草药喂给了我，结果我是活了下来，我那可怜的表哥却不幸离开了人世。为此，我扑在姑母的怀里痛哭不已，我发誓，从今以后要把姑母当成亲生母亲一样照顾，而我就是她的亲生儿子。

时间流转，在姑母的教育与培养下，我研习着儒家经典及诗词歌赋，渐渐长大成人。到了开元二十年（732年），我也正好二十岁，已经是个身强体壮的俊朗青年了。

那时的我，或许是体内荷尔蒙分泌日益旺盛的缘故，对外界的渴望也越来越强烈，而且那时又正值大唐社会的鼎盛时期，年轻学子们都普遍流行所谓"漫游"，即前往大唐各地的山川名胜走访，在增长见闻与结交亲友的同时，还能一览大唐辽阔的疆域与风光。

二十岁的我，同样渴望经历一次"漫游"。

漫游吴越

恰好也是在那一年，父亲升任奉天*县令。俸禄见涨的他，从姑母处得知了我想外出旅行的心愿，或许是出于对我母亲早逝的亏欠，他竟欣然同意，还赞助了我不少盘缠。

临行前，他对我说道："大唐这么大，你是该好好去看看。"

于是，在一个春暖花开的时节，二十岁的我，在父亲和姑母的共同支持下，开启了人生中的第一次漫游——从洛阳出发，搭乘前往江南的客商船只，沿着早已贯通的京杭大运河，直抵吴越烂漫之地，只为一睹当年六朝的风采与遗迹。

我旅途的第一站是湖州，因为我的一位叔父杜登那时正在湖州下辖的武康做县尉，这也是父亲和姑母之所以同意我来江南旅行的原因——毕竟像我这样还没出过社会的毛头小子，独自一人跑那么远的地方，人生地不熟，如果没个亲戚朋友照应，还是很危险的。

★ 今陕西乾县。

初到江南，我作为一个受中原文化浸染长大的人，对这里的一草一木都充满了好奇。而我对于江南最初的印象，大多来自幼时读过的六朝诗文，从谢灵运的山水诗到庾信的骈体文，我都读过。其中，庾信还曾被封为武康县侯，封地就是我叔父那时的治所。

第一次读到庾信那句"昔年种柳，依依汉南"，我曾感动不已，如今终于踏上这片他曾经生活过的土地，又置身于秀丽的山水之中，我激动的心情可想而知之。

之后，我围绕着太湖，广泛游历了金陵[*]、扬州、姑苏、钱塘^{**}、越州^{***}、明州^{****}等地,想象在一百四十多年前,这片土地还是另外一个国家，想象旧时王谢堂前的繁华与宋齐梁陈的更替，我想也只有大唐才有如此广阔的胸襟与魄力，将这所有的一切都统一在一起。

记得抵达钱塘时，我还有幸观赏到了蔚为壮观的钱塘江大潮，那些江水一浪高过一浪，直冲天际，震耳欲聋的潮水声向岸边涌来，像极了在这个时代中，跃跃欲试的人群。

---

*　　今江苏南京。
**　　今浙江杭州。
***　　今浙江绍兴。
****　　今浙江宁波。

日本来客

开元二十一年（733年）四月，也就是我漫游吴越的第二年，从日本远渡而来的遣唐使船队，历经四个月的海上航程，终于在明州顺利登陆了。

那时，叔父作为临近州县的官员，跟随上司及同僚一起负责此次接待。

自从七十年前，在辽东白江口一役，日本水师被大唐打得全军覆没之后，日本几乎每隔一段时间都会派遣使节来大唐朝贡。这些由僧侣和贵族学子所组成的使团，不畏茫茫大海与风浪，冒着随时都有可能葬身鱼腹的风险，拼死也要抵达大唐，对于推动大唐文化、宗教、医学、工艺等诸多领域发展成果在日本的传播做出了巨大贡献。

使团此次来访，和之前的几次情况差不多，目的依旧是去长安朝见大唐天子，以彰显两国世代友好之诚意——那时，无所事事的我，也随叔父一起来到明州，久处内陆的我，第一次看见漫无边际的大海，内心充满了好奇。我时常站在海边发呆，甚至一度想要搭乘遣唐使的大船，去往遥远的日本看一看，看看海那边的世界究竟是个什么样子。

很显然，我的这一大胆想法，遭到了叔父的严词阻止。在他看来，我只是因为目睹了遣唐使声势浩大的船队，一时浮想联翩，心血来潮而已。

"你知道此去日本需要多久吗？"叔父问。

"不知道。"我摇头。

"你知道航行的途中需要经过多少暗礁和急流吗？"

"不知道。"

"你知道海上的风浪以及海底的巨鱼有多恐怖吗？"

"不知道。"

"你知道遣唐使出发的时候有多少人，能活着到达大唐的又有多少人吗？"

"不知道。"

"十不存一！"叔父说道。

很显然，叔父这一系列的问句，着实把年轻的我给吓住了，对于日本的向往瞬间冷却了一半。而我，也就此与可能展开的海上冒险之旅失之交臂了。

洛阳应考

开元二十三年（735年）的秋天，由于前一年长安地区发生了洪涝灾害，导致农作物严重受损，为了减轻西京的粮食压力，玄宗皇帝已经率领百官贵戚移驾到了洛阳。

而我，则在父亲和姑母的再三催促下，为了赶回洛阳参加人生中的第一次进士科考，终于依依挥别了叔父，结束了长达三年多的吴越漫游之旅。此后，我都没有再回过那里，但那里缠绵的山水与盛开的花草，却就此长进了我的心里。

由于正式的洛阳科考要到第二年才举行，按规定我先参加了在家乡巩县举行的乡试，而只有通过了乡试，才有资格得到州县长官的推荐参加来年的科考。

乡试比我想象的要简单得多，考试的内容都是一些我儿时就已烂熟于心的儒家经典与诗赋文章，我也不负众望，顺利通过，只等在明年的洛阳科考中大显身手了。

也是那一年，我在人头攒动的洛阳酒楼中，第一次看到王维——那时的他，虽然也才三十多岁，但早已名满天下，他十七岁就写出了"独在异乡为异客，每逢佳节倍思亲"这样足以流传后世的名句，二十岁就高中状元，是包括我在内的无数年轻学子崇拜的榜样。

据说王维曾经还因厌倦官场，学陶渊明辞官隐居了数年，直到最近在中书令张九龄的举荐下，才重新出仕为官，并被任命为右拾遗，成了玄宗身边的近臣。

其实，我当时很想走上前去跟王维打个招呼，怎奈他早已被仰慕他的学子们围得里三层外三层，我根本挤不进去，只得远远站在板凳上，默默听他在众人的簇拥中，唱起自己新创作的诗歌，而给他伴奏的人，不是别人，正是大唐当世第一乐手李龟年。

王维的待遇，着实让我羡慕不已，这更激发了我参加科考的热情——我在想，等到明年科考，我也要一举夺魁，也要做状元，然后写诗，让李龟年给我伴奏！

登临泰山

怎奈天不遂人愿，就像我之前说的——开元二十四年（736年）春天的那场洛阳科考，我不但没能成为第二个王维，还遗憾落榜了。

为此，我羞愧不已，躲在外面好几天都不敢回家。

所谓书到用时方恨少，正式科考的难度与乡试完全不在一个级别，除了要考儒家经典与诗赋文章，还会涉及国政方针及社会治理等问题，而我这几年来，光顾着在吴越之地四处游历玩耍，对于后者实在是知之甚少，此次落榜在某种程度上也算咎由自取。

原本，我以为父亲和姑母知道我落榜，一定会对我大加责难，说我不该玩物丧志、荒废学业之类，可事实并非如此——那时，父亲刚调任到东鲁做兖州司马，当他从姑母处得知我落榜的消息后，非但没有指责，还写信让我去兖州找他，说齐鲁大地山水甚好，可供我写诗散心，我还年轻，一次考不中别灰心，来年还可以再考。

父亲的话，让我感动不已——我想，如果不是生在了这样宽容的家庭里，如果没有姑母和父亲的反复勉励，后来，我也不可能成为一个诗人。

抵达兖州后，在父亲的资助下，我又广泛游历了齐鲁的很多地方，其中包括孔子的故乡曲阜，儒学作为我们杜家的家学，能亲自祭拜孔子故里，对我来说是朝圣一般的荣耀。

当然，最令我难忘的，还是那次泰山之旅。正是在那里，我写出了青年时代最好的一首诗，面对巍峨壮观的泰山，面对历代帝王不断为之加冕的泰山，我想象自己站在群山之巅，恍惚间，竟感到一阵莫名的战栗，我个人的荣辱得失似乎已变得微不足道，我能听见四面八方的风，正在向我吹来，也吹向了这个时代，我在诗中如是写道：

　　岱宗夫如何，齐鲁青未了。
　　造化钟神秀，阴阳割昏晓。
　　荡胸生曾云，决眦入归鸟。
　　会当凌绝顶，一览众山小。

姑母病逝

　　因为有父亲的支持，我在东鲁度过了一段"放荡齐赵间，裘马颇清狂"的美好时光，直到我二十八岁那年，忽然收到姑母病重的消息，我才急匆匆返回了洛阳。

　　按照姑母生前的遗愿，我把她安葬在了首阳山的家族墓地，并亲自为她撰写了墓志铭——对于姑母的死，我愧疚不已，这些年，我一直在东鲁，只是偶尔才会与身在洛阳的她通信，向她讲述我在东鲁的种种见闻。她依旧会像往常一样对我予以勉励，而每当我问及她的近况时，她总说家里一切都好，让我不用挂念，安心陪伴父亲即可。

　　直到某一天，我收到了姑母一封迟来的回信，方才得知她病重的消息。我这才恍然大悟，原来这些年，为了让我能安心留在东鲁陪伴父亲，姑母对于自己每况愈下的病情只字不提，就连这封迟来的回信还是家中下人实在于心不忍，瞒着她寄过来的。

当我赶回洛阳时，姑母已经不在人世了。我几乎可以想象，她临终时该是怎样的孤独，她一定是在等着我回来，回来和她见上最后一面。然而，她就这么走了，什么也没说。

出于愧疚，也出于感恩，我决定留在首阳山为姑母守孝，以报答她多年来对我辛苦的养育之恩，同时，也是弥补我这些年不在她身边陪伴的亏欠。

为安葬姑母，我卖掉了她在洛阳的宅子，遣散了她家中仅剩的仆人，并用多余的钱财在首阳山下买了一处房产，取名为"陆浑山庄"。在那里，我过起了短暂的隐居生活。

而在我为姑母守孝的第二年，即开元二十九年（741年），父亲也因病辞官，回到了巩县老家居住。在预感自己即将时日无多后，他唯一的心愿是希望能看着我娶妻成家。

弘农杨氏

　　这次与父亲一起回来的，还有我的继母卢氏和我的几个弟妹——自从母亲去世后，父亲的大部分时间都是和他们生活在一起，而我作为家中长子却被排除在外。

　　每每想到这些，父亲都惭愧不已，所以对于我的婚事，他显得格外上心。

　　"我儿今年虚岁有三十了吧？"躺在病床上的父亲问道。

　　"是的，父亲。"我说。

　　"古人云'三十而立'，你也该成个家了，从前你母亲去世得早，现在你姑母也走了，倘若以后我再一走，你在世上可就孤单了。"父亲不无伤感。

　　"您可别这么说。"

　　"那你说说，近来可有看上的哪家姑娘吗？"父亲问。

　　"没有。"我摇了摇头。

　　近来，我一直在首阳山下潜心读书，每日为姑母扫墓，直到几天前为了照顾生病的父亲才又回到巩县，对于男女之事，实在是无所关心。

"如此甚好，那我现在想给你介绍一门亲事，你可愿意？"父亲笑了笑，说道。

"全凭您做主。"我看了看父亲，默默点头。

于是，在那一年的秋天，经父亲的介绍，我迎娶了他的好友司农少卿杨怡的女儿杨莹，她比我小十岁，初见她时，轻灵中仍带着几分稚气，偶尔还会害羞地红起脸来。

杨莹和她爹一样，来自大名鼎鼎的弘农*杨氏——包括汉代大儒杨震，及后来的杨彪与杨修父子，都出自这一家族，甚至连前朝的大隋皇族也声称自己是弘农杨氏的后代，而日后被玄宗皇帝集三千宠爱于一身的贵妃杨玉环，也同样出自这一家族。

能亲眼看着我和杨莹成亲，父亲高兴不已，用他自己的话说，我和杨莹这叫门当户对，郎才女貌，将来一起生儿育女，必定能够进一步光耀我们杜家的门楣。

★ 今河南灵宝一带。

陆浑山庄

我记得那年，河南大地上的庄稼迎来罕见的丰收，百姓们为此欢欣鼓舞，我和杨莹婚宴那天也因此格外热闹，方圆几里的街坊邻居都带着好酒好菜来道喜。父亲也不顾有病在身，坚持要与乡亲们痛饮，我无可奈何，只得随他去了。

然而，正是这次婚宴上的痛饮，进一步加剧了父亲的病情。仅一个月后，他就因病离世了，他和我的姑母一样，都死于同一种肺病——这似乎成了我们家族的遗传。

恍惚，到了天宝五载（746 年）的春天，父亲去世的第五年，我与李白分别的第一年，在接连遭受亲人离去之后，上天总算对我开了一次眼——那一年，我和杨莹的第一个孩子宗文出生了，那时的我已经三十四岁了，终于也成为一个父亲。

自父亲去世之后，我便把巩县的杜家老宅留给了继母卢氏和弟妹，自己则带着杨莹一起搬到了首阳山下的陆浑山庄居住——此后，我和继母一家就再未主动联系过了。

而所谓的"陆浑山庄"，其实也就是几间茅草搭成的房子。

那时候，由于失去了父亲的资助，且眼见家中积蓄日渐微薄，为了生计，我不得不经常往返于洛阳与首阳山之间，只为能谋个吃饭养家的小差事，但每次都无功而返。

至于杨莹，这位昔日的高门大小姐，则让我感动不已，她不但不嫌弃我穷，甚至还自己学会了种菜、织布，补贴家用，面对如此贤惠的妻子，看着她的纤纤玉手，因劳作而生出老茧，我更加于心不忍，惭愧之余，改变现状的决心也更加坚定。

而真正迫使我做出改变的，就是我第一个孩子宗文的出生——回想起我散漫的青年时代，我不想让他也像我一样荒废半生，他必须过上更好的生活，我也必须为之努力。

初入长安

　　在宗文满月不久后，我便正式启程前往长安了。

　　抵达长安前，我先把杨莹母子托付给了在奉先*做县尉的舅父家照看，奉先离长安不远，我心想着等我在长安科考高中，生活安定之后，就把母子俩一起接过来居住。否则像现在这样一穷二白，即使到了长安，两人也只能跟着我一起挤客栈，继续吃苦受罪，更何况宗文才刚出生，我实在于心不忍。对此，杨莹虽有不舍，但也表示理解。

　　天宝五载（746年）的长安，依旧是普天之下最伟大的城市，比之洛阳有过之而无不及。从朱雀大街到大雁塔，熙攘喧闹的东西两市，金发碧眼的胡商随处可见，各种异域珍宝汇聚其间，从波斯来的白美人，天竺来的昆仑奴，甚至是从更远地方贩运来的黄狮与白象，全都像五光十色的飞天壁画一样，彰显着我大唐前所未有的璀璨与繁华。

★　今陕西蒲城附近。

记得我与李白同游东鲁时，他也常对我说起长安。

那时，李白由于刚被玄宗"请"出长安，未得重用，正满肚子的委屈与不忿，对于长安也多是指责与抱怨之词，与他在诗里所描述的那个雍容华贵的长安，完全不同。

在那时的他看来，我所向往的长安，也没什么大不了，里面同样充斥着虚假与争斗。

"那长安城里就没有半点好的？"我问。

"有。"他说。

"有什么？"

"那里的女人啊，她们的胸脯是真他娘又大又白。"

"像你的名字一样？"

"对，像我的名字一样。"

李白望着天上那轮闪闪发光的圆月，微醺的脸上浮现出一丝浅笑，淡淡地说道。

或许是因为我那时还年轻，阅历尚浅吧，还不能理解李白言语背后的深意，对于那时的我来说，人生中第一次来到长安，这里的一切都让我好奇不已。

花间酒楼

来长安的第一年，令我印象最深刻的，当属四月在东市举办的一次宴会。

那时，有个叫焦遂的富商在东市新开了家叫花间楼的酒楼，作为长安城里最大的一家私人酒楼，它足足盖了六层高，吃喝玩乐，无所不包，无所不有。

为了庆祝这一盛事，焦老板不惜花重金举办隆重的开业庆典，同时，他还宣布开业当天前一百名到店的顾客，均可享受豪华午餐及酒水半价优惠。

他的这一举动，几乎吸引来了半个长安城的名流和酒鬼。

很自然地，我也早早赶到现场：一来是我到长安也好几天了，太久没吃顿好的了，怕去晚了就错过优惠；二来也是为了一睹长安城中"大人物"们的风采与神韵，沾沾福气。

当天的开业庆典也没有让我失望，我不仅成功拿到优惠券，还有幸得见了前来捧场的汝阳王李琎、左相李适之、齐国公崔宗之、草圣张旭等人，要知道这些人平日可都是皇帝身边的红人，高居庙堂之上，一般小老百姓根本无缘得见。

我想，这也是长安的魅力所在吧。

在这样一座用美酒与诗歌浇筑出来的都城里，人们不会因为身份的贵贱而疏远隔阂，相反，只要有一坛好酒，所有人就能聚在一起推杯换盏，开怀畅饮，谈天说地。

比如花间楼的老板焦遂，就是一个很好的例子。作为士农工商中最末流的"商"，他在长安默默打拼多年，从未做过一官半职，却没有因此被士人阶层所歧视。相反，他还凭借着自己风趣健谈的性格，与长安城里的很多达官显贵都成了知己酒友——若非如此，他花间楼的开业庆典也搞不出那么大的排场来。

我记得，当时在长安城有八个因喝酒而闻名的人，他们被统称为"饮中八仙"，其中就有焦遂，除了他，此次来参加开业庆典的李琎、李适之、崔宗之、张旭也在其列，另三个人还包括已经告老还乡的贺知章和已经去世的苏晋，以及正在东鲁修道的李白。

饮中八仙

　　"饮中八仙"可以说是撑起了大唐酒坛的半边天，关于他们嗜酒如命的放诞故事，在长安城里几乎无人不知，无人不晓——想到这些，我作为一个酒坛后辈，自是难掩激动。

　　于是，那天在开业庆典的现场，几杯热酒下肚后，我忽然诗兴大发。

　　面对觥筹交错的酒桌，盛装出席的宾客，喧嚷华丽的歌舞，丰盛美味的佳肴，所有的一切在我看来宛若一场流动的盛宴，我终于按捺不住，猛地从座位上站起。

　　"躬逢盛会，岂能无诗？我愿为诸公即兴赋诗一首，以示仰慕，不知可否？"我大声说道。

　　此言一出，现场顿时安静下来，所有的歌舞声、酒杯声、人群的喧嚷声，都仿佛瞬间消失一般，甚至连我周围的空气都陷入了短暂的尴尬与沉默。

　　那一刻，所有人的眼睛都齐刷刷地望向了我，充满了惊奇与疑惑。

"行吧，那你便读来，与我们听听。"见多识广的汝阳王率先打破了沉默。因为有了汝阳王的默许，我开始大声读起我的即兴创作来，诗云《饮中八仙歌》，全诗如下：

知章骑马似乘船，眼花落井水底眠。
汝阳三斗始朝天，道逢麹车口流涎，恨不移封向酒泉。
左相日兴费万钱，饮如长鲸吸百川，衔杯乐圣称避贤。
宗之潇洒美少年，举觞白眼望青天，皎如玉树临风前。
苏晋长斋绣佛前，醉中往往爱逃禅。
李白斗酒诗百篇，长安市上酒家眠，
天子呼来不上船，自称臣是酒中仙。
张旭三杯草圣传，脱帽露顶王公前，挥毫落纸如云烟。
焦遂五斗方卓然，高谈雄辩惊四筵。

听完我的诗后，左相李适之第一个带头鼓掌叫好，他还说我后生可畏，颇有当年李太白初入长安时的风采，令我欣喜不已。

当然，最欣喜的人还是焦遂，因为我把他也写进了诗里，并公然把他与另七位大唐顶级名人相提并论，而这首诗也恰好应景，简直就是为他花间楼量身打造的活招牌。

焦遂当即表示，我日后若来他店里消费，所有酒水一律打八折。

左相遭贬

因为一首《饮中八仙歌》，我总算是在长安的酒鬼圈子里有了点小名气。

焦遂甚至还花重金请了草圣张旭，把我的诗用绸布抄录下来，挂在他花间楼的门口供过往的顾客瞻仰观赏。而这，也构成了我对长安的初步印象——有诗，有酒，有梦，我将在此闯出一片自己的天地，我要把杨莹母子也接到这里。

当然，此次宴会上最大的收获，还是得到了左相李适之的赏识，这让我本来没什么把握的科考之路，似乎一下子也变得明亮起来。

在大唐，学子们参加科考之前，一般会先携带自己的诗作前往名人前辈的府邸谒见，以期获得称许或引荐，并以此提高自己的知名度和科考录取概率，俗称"干谒"——像李白、王维都这么干过，以自己的诗才获得权贵的青睐，谋个一官半职，学有所用，不丢人。

说到干谒，我最先想到的人，自然就是在花间楼带头为我鼓掌叫好的左相李适之——那时，距离张九龄罢相已经过去了十年，十年来，玄宗将朝中事务全权交由右相李林甫管理，而李林甫则利用职务之便，不断排除异己，致使朝堂群臣敢怒不敢言。

李适之作为左相，同时也是李唐皇族宗室——太宗文皇帝的曾孙，本来是唯一有机会与李林甫取得平衡的人，但由于他本人追随魏晋风度，生性自由，又偏爱饮酒，对朝政之事实在是没有多少热情，也就懒得与李林甫争权了。

然而，即使是这样，李林甫还是不肯放过他，毕竟他李适之身兼左相，每天喝得不省人事，拿着朝廷俸禄，消极怠工，实在是对他李林甫最大的嘲讽。

最终，在李林甫的谗言下，玄宗以酗酒怠政的罪名把李适之贬到了盛产美酒的宜春做太守。而李适之被贬，也就意味着我的干谒之路算是没戏了，关于未来也只能另做打算。

野无遗贤

天宝六载（747年），李适之被贬出长安的第二年，身居朝堂日理万机的李林甫，仍没有忘记他的这位老朋友，并派人时刻在宜春盯着李适之的一举一动。

当得知李适之到宜春后，仍不知收敛，每日与一堆文人歌女饮酒作诗，好不快活，李林甫心头的嫉恨之火莫名燃烧，并最终决定斩草除根，他授意党羽诬告李适之与皇室外戚结党营私，蓄意谋反，逼得李适之忧愤成疾，不久就自尽身亡了。

同样是在那一年，我迎来了进入仕途的又一个机会——玄宗皇帝下诏，天下凡通一艺者，皆可来长安参加制举，择优录取，授予官职，共同参与大唐盛世的建设工作。

此道诏令一出，天下学子欣喜若狂，我也不例外。

来长安一年多，我终日委身于客栈，带来的盘缠早已所剩无几，只能靠着早年读过的几本医书，去街市给人看病卖药，换几个小钱，勉强维持一下生活。

现在好了，当我正打算放弃漂泊，前往奉先与家人团聚时，大唐的圣明天子居然直接越过了达官显贵们设置的重重壁垒，亲自下诏，为自己的朝堂招揽人才。我身为大唐的子民，又怎能辜负于他的恩情，自然是欣然应举了。

有了上一次科考失利的教训，此次应考我自是有备而来，相信凭我"七龄思即壮，开口咏凤凰"的天资，以及"读书破万卷，下笔如有神"的勤奋，进士及第是迟早的事。

然而，残酷的是，现实再次给了我沉重的一击。

负责主持这次制举的主考官李林甫，这个靠着自己的皇室远亲身份入仕的半文盲，担心新的人才进入朝堂会抢了他的位子，竟向玄宗皇帝进言，说什么"野无遗贤"——因为这四个字，天宝六载的那次制举，所有考生全部落榜了，同样，我也不例外。

宗武出生

制举虽然落榜了，但生活还是要继续。

那时，心有不甘的我，又在长安蹭蹬了一年多，每天是"朝扣富儿门，暮随肥马尘"，只盼着能得到某个达官显贵的赏识，好拉我一把，乃至举荐我入朝为官，帮我改变现状，可我跑遍了整个长安城，始终一无所获，与我当初在洛阳谋生的经历如出一辙。

直到天宝七载（748年）的冬天，山穷水尽的我，差点饿死在客栈，所幸的是韦济和郑虔两位叔友得知情况后及时赶到，才帮我捡回了一条命。也是在他们的建议下，我才最终决定不再挣扎，并赶在冬至前，厚着脸皮返回奉先与家人团聚。

韦济和郑虔都是我父亲生前的旧交，同时，也是我在长安为数不多能说上话的人。

其中，韦济已经六十多岁了，算是朝中老臣，当时他官居尚书左丞，也是我在长安拜访的众多前辈之一，我在长安时给他写过很多诗歌，来表明我心中的志向。

尽管韦济在看了我的诗歌后，或许是出于对后辈的疼爱，又或许是出于对我赤诚之心的感动，对我的诗歌赞不绝口，但碍于李林甫把持朝政，对引荐我入朝为官之事，他也是有心无力，只是耐心安抚我，让我先回家等待，并答应只要时机成熟定会为我引荐。

返回奉先后，经舅父和舅母的帮助，我和杨莹再次过起短暂的隐居生活——对于我的落榜，家人并未过多说什么，毕竟我在长安漂泊三年未归，宗文都从一个只会吃奶哭喊的婴儿，变得可以下地叫爹了，他们对我，更多的是想念。

值得庆祝的是，在一年之后，我和杨莹的第二个孩子出生了——回想起两次科考落榜的经历，我深感诗赋文章实乃误人子弟，便索性给他取名为"宗武"，希望他能像祖先杜预一样成为一代名将，为大唐拓土开疆、建功立业，才是人生的康庄大道。

献大礼赋

天宝九载（750年），我的仕途才再次迎来转机。

那年的年末，长安的韦济给我写信，说玄宗皇帝为庆祝自己登基四十年来的辉煌政绩，将于来年正月在长安太清宫、太庙及南郊分别举行祭祀大典，以此告慰历代宗庙及天地神灵，倘若我能提前写几篇颂扬祭祀大典的礼赋，到时他就有机会引荐我入朝。

果然，韦济没有食言，他的信重新燃起了我对诗赋文章的信心，更何况宗武的出生，让家里又多了一张吃饭的嘴，我总该为孩子和家庭考虑。由是，年近四十的我，为了减轻家庭负担，埋头苦思多日，终于写出了一篇《朝献太清宫赋》，并再次动身前往长安。

抵达长安后，我利用祭祀大典前的空隙，耗尽毕生所学，又接连写出了《朝享太庙赋》《有事于南郊赋》，从周书礼乐谈到孔孟先贤，从古今兴替谈到苍生社稷，堪称包罗万象。

韦济在看完我的三篇大礼赋后，甚至直接惊呼我为"天才"，并表示引荐的事稳了。

此外，这次回长安，我又重新见到了郑虔，此时的他，因为在诗书画三方面的杰出才华，成功地引起了玄宗皇帝的注意，玄宗称赞他为"郑虔三绝"，并专门为他设置广文馆，升任他为广文馆首任博士，类似大学教授的职务——郑大哥也算是就此熬出头了。

天宝十载（751年），正月初八那天，祭祀大典如期举行。

此次大典总共持续了三天，身在长安的百官贵戚、四夷首领、外国使节及周边百姓悉数参与，我自然也在其中——而我的大救星韦济身为尚书左丞，同时也是大典的实际策划人之一，在他的安排下，我所写的三大礼赋竟被祭祀官当成祭文，在现场当众宣读。

更神奇的是，玄宗听完后还大加赞赏，他特别下诏，令集贤院对祭文作者也就是我，进行单独考核，如若考核通过，便可直接授予官职。

为此，我喜不自胜，跪拜于地，三呼万岁。

东平郡王

遗憾的是，尽管我费尽了周章，天宝十载的那次集贤院考核，我依旧未能顺利通过，仅是获得了一个待用候补的资格，不为别的，只为那次的主考官不是别人，仍是那个口蜜腹剑的李林甫，真可谓冤家路窄，我这一生算是毁在他的手上了。

至于韦济，因为未经李林甫同意，擅自在祭祀大典上推荐我的文章，引起了李林甫的极度不悦，加之他平日在朝堂上对李林甫也多有顶撞，致使李林甫对他的反感愈加强烈，大典结束没多久，他就被贬出了长安，前往冯翊[*]做太守，几年后就在任上病逝了，享年六十八岁——他是在长安少数给予过我帮助的前辈，对此我很感激。

也是在天安十载的正月，一个叫安禄山的粟特人，被玄宗皇帝正式册封为东平郡王，身兼范阳、平卢、河东三镇节度使，这个看上去颇为憨厚的胖子，不但深得玄宗的信任，

★　今陕西大荔。

手握重兵，还被小他十六岁的贵妃杨玉环收为义子，在朝中的权势仅次于李林甫。

那时，距离玄宗登基已经过去了四十年。四十年来，大唐国力蒸蒸日上，百姓安居乐业，天下承平日久，他也早已从当初那个励精图治的青年天子，变成了一个六十六岁的白头老翁，终日陶醉于自己所创下的文治武功，仿佛身为帝王人君，他的一生已然圆满。

于是，他开始渴望追寻普通人的快乐与幸福；于是，他遇到了贵妃杨玉环。

天宝十载，距离玄宗初次把贵妃接进宫中，正好过去了十年，距离安禄山起兵造反也只剩下四年时间，而随着安禄山权位的不断攀升，他潜藏的野心也在不断膨胀。

但是这些，对于已然厌倦朝政且志得意满的玄宗来说，自然是无法察觉的。

率府兵曹

　　因为李林甫的缘故，我又回老家候补了几年。直到天宝十四载（755年），也就是李林甫去世三年之后，我才终于得到了吏部传来的任命文书。

　　那时，我已经四十三岁了，距离我第一次去长安应考，已经过去了近十年的时间。而就在我接到任命文书不久前，杨莹再一次怀孕，也就是说我们的第三个孩子要出生了。

　　起初，朝廷任命我为河西尉，我以河西路远及家中妻儿需要照料为由，拒绝了此职。没曾想到朝廷竟开恩，又转任我为右卫率府兵曹参军，即皇家仪仗队仓库管理员的工作，虽然也是个九品小官，但好歹是京官，在长安办公，离奉先的家也更近——看着一天天长大的宗文和宗武，看着再次怀孕的杨莹，为了给他们更好的生活，我最终接受了这一任命。

　　由此，为了家人，我一狠心，挥别了有孕在身的杨莹，挥别了宗文宗武和舅父舅母，再次动身独自去了长安，并开启了我那短暂而卑微的仕途生涯，这一待又是大半年的时间。

那时，我每天的工作就是负责清点及登记各种进出的仪仗兵甲器械，因为皇家仪仗，规制繁复，数量众多，所以我总有干不完的活——我每天按部就班，兢兢业业，做着这项重复且枯燥的工作，只为能早点拿到俸粮，然后就能回家探望家人。

可惜天公不作美，那年关中缺雨，粮食歉收，直到临近冬日，我才领到了一笔微薄的俸粮，并迎来短暂的假期。好不容易休假的我，第一件事便是背着刚到手的俸粮，迫不及待地往奉先赶——因为早在两个月前，杨莹就写信来告诉我说，我们的第三个孩子已经顺利出生了，且母子平安，让我抽空回去看看，顺便也给孩子取个名字。

得知这一消息，我欣喜不已，心想老天待我还算不错。

赴奉先县

　　天宝十四载的十一月，我在处理完率府的日常工作后，就独自踏上了前往奉先省亲的路途，那时距离安禄山造反，还有不到一个月的时间，但大唐的危机已然显现。

　　返回奉先的途中，我路过了骊山，山上的华清宫是玄宗皇帝经常游玩的地方，自从天宝四载，杨玉环被正式册封为贵妃，玄宗就更加不问政事，终日与贵妃在山上歌舞嬉戏。

　　听着从骊山上传来的欢歌笑语，恍若阵阵靡靡之音，想到此时长安城附近的百姓正因为粮食歉收而忍饥挨饿，我的心头百感莫名。但我只是一个芝麻绿豆小的仓库管理员，人微言轻，即使想劝谏天子，恐怕他也不会见我。无可奈何，我只得继续赶路回家。

　　然而，我才刚到家，一个噩耗便给我了迎头一击——我还没取名字的小儿子居然给饿死了！杨莹为此痛哭不已，责问我为什么现在才回来，说家中已经断粮多日，那么多人要吃饭，她根本就没有奶水来喂养小儿子，只能眼睁睁地看着他活活饿死！

我连忙将背上不多的俸粮拿出，交给舅父舅母去厨房做饭，并一个劲儿地给杨莹和孩子们道歉，说是我不好，我回来晚了，让大家受苦了。同时，我心中的愤恨也开始滋长——我想起路过华清宫时听到的那些欢歌笑语，凭什么那些所谓的王公贵族就可以终日高高在上，吃香喝辣，而我们普通人家却只能挨饿受冻，承受苦不堪言的命运？

为此，刚刚遭受丧子之痛的我，伏案疾书，写出了一首满怀悲愤的长诗《赴奉先县咏怀五百字》，其中有句叫："朱门酒肉臭，路有冻死骨。"

长安被囚

不久之后，安禄山就在范阳与他的发小史思明共同起兵造反了。我想，或许他也是看不惯那群终日在他头上作威作福的所谓王公贵族了吧。

然而可惜的是，安禄山造反并不是来为民请命，而是为了他自己的欲望和野心。且和李唐的王公贵族们比起来，安禄山显然更加残暴，他的大军一路南下，烧杀劫掠，所到之处皆血流成河，致使沿途州县的百姓怨声载道，视之如魔鬼罗刹，无不望风逃窜。

两相比较，当今天子虽然老迈昏聩，但好歹也曾给了百姓四十余年的太平生活——有鉴于此，百姓依旧是心向着大唐的，而我也坚信，只要天子重新振作起来，大唐的官军必定能够迅速扫平叛逆，让天下重归安定，让百姓重享太平。

但形势终究没有按照我的愿望发展——第二年的正月，东都洛阳失陷，安禄山在洛阳登基称帝，定国号为"燕"，正式与玄宗分庭抗礼。

恼羞成怒的玄宗，理智顿失，昏招频出，先是连斩高仙芝和封常清两员大将，接着又在准备不足的情况下，逼迫老将哥舒翰出潼关，致使唐军惨败，潼关随即被叛军攻陷。

潼关是长安的门户，潼关陷落之后，长安城里人心惶惶。玄宗则在新任右相杨国忠的建议下，抛下了无险可守的长安城及城中上百万的臣民百姓，在三千神武军护送下，带着一众王公贵族，连夜仓皇逃奔去了蜀地，而把前线平叛的重任留给了儿子肃宗。

那时，我为了躲避战乱，没有立刻回长安履职。直到当年的八月，得知肃宗已在灵武登基，并遥尊在蜀地的玄宗为太上皇，我才重新燃起了对大唐的信心。

于是，我再次挥别妻儿家属，独自踏上了前往灵武的道路。

但很不幸，我刚走到半路，就被叛军抓获，并被押解去长安囚禁了起来。当时与我一起被囚禁的还有我的好朋友郑虔，以及王维和储光羲等来不及逃跑的大臣。

投奔肃宗

国破山河在，城春草木深。

那时的长安城已被战火焚毁殆尽，根本不适合居住，且郭子仪和李光弼已在河北等地组织唐军发动反攻，为了便于在前线督战，安禄山最终还是搬回了洛阳。

随后，一众被他抓获的唐臣也跟着被押去了洛阳，而我则趁着叛军回撤，人多手杂的空当，悄悄逃脱了——或许是我官卑职小吧，在我逃跑的路上竟没发现一个叛军追击我。

就这么着，我独自一人穿过了两军对峙的前线，向北方肃宗所在的灵武一路狂奔。在狂奔的路上，我看到了无数百姓因战乱而成为流民，他们居无定所，衣不蔽体，到处都是妇女和婴孩的啼哭，那哭声在我耳边回荡不止，让我想起远在奉先的妻儿，我已经很久没收到他们的消息了——身为丈夫和父亲，我是失职的，但身为大唐的臣子，遭逢突如其来的乱世，我岂能置身事外，毕竟唯有大唐安定，我和妻儿的生活才能安定，不是吗？

由此，抱着义无反顾的决心，我几经波折，终于平安抵达了灵武。但上天似乎是有意要磨砺我——守城的将士告诉我，肃宗已不在此地，改去凤翔了。无奈，为了早日跟上大部队，我只得继续徒步数日，双脚都磨出了老茧，饿得两眼发昏，骨瘦如柴，总算是见到了皇帝。看着蓬头垢面、狼狈不堪的我，皇帝感动不已。

"你真的是杜甫？"皇帝问。

"是。"我说。

"是那个写出三大礼赋的杜甫？"

"是。"

"你怎么会搞成这副模样？"皇帝似乎不敢相信。

有感于我一路北上投奔的赤诚与执着，皇帝升任我为左拾遗，比当初的率府兵曹参军要高出一个品级，更重要的是，可以陪在皇帝身边建言献策。

朝大明宫

　　第二年，即至德二年（757年）正月，前线的战事终于迎来转机，安禄山被儿子安庆绪杀害，之后，安庆绪登基做了伪燕新皇帝，叛军因此陷入内乱。

　　肃宗看准时机，向各路唐军发布反攻诏书，郭子仪、李光弼等人纷纷响应，指挥失衡的叛军节节败退——九月，长安收复，十月，洛阳收复，安庆绪无奈率领残部北上，逃奔相州邺城。而远在范阳叛军大本营的史思明得知消息后，迫于形势，选择上表重新归复了大唐。至此，除安庆绪盘踞的相州外，大唐的大部分土地都得到了收复。

　　十一月，肃宗率领着文武百官重新返回了长安，玄宗也在随后返回。

　　肃宗对此次参与平叛的大臣进行了论功行赏，同时，也对在战争期间投降伪燕政权的大臣进行了清算，我的好友郑虔与储光羲等人均被贬往外地，再也没有回过长安。

只有王维，因为在任职伪燕期间写过心向大唐的诗歌，且他的兄弟王缙在平叛中立下军功，表示愿以军功和官职为兄抵罪，使得他成为少数没有被贬出长安的大臣。

回到长安后，我继续担任左拾遗的职务，并与王维、贾至、岑参等人结交——记得那是在乾元元年（758年）的春天，某次上完了大明宫的早朝后，经中书舍人贾至的提议，我们几人相约一起写诗，以庆贺大唐两都收复之喜。

我已经忘记自己当时写过什么了，但王维的那句"九天阊阖开宫殿，万国衣冠拜冕旒"，我至今不忘，我觉得他写出了真正的盛唐气象，那是他的盛唐，也是我们所有人的盛唐。

访王摩诘

乾元元年（758年）夏，长安郊外，微风徐徐，蝉声初起。

应王维的邀请，我前往他的辋川山庄拜访，并有幸认识了他的好友崔兴宗、裴迪等人，他们几人相聚于此多年，闲暇时，过着魏晋名士般的隐逸生活。

"子美也懂佛？"王维一边给我沏茶，一边问我。

据说为了躲避安禄山的招降，他曾吞食过哑药，致使声带受损，嗓音听起来十分沙哑。

"略懂而已。"我笑了笑，答道。

看着此时正坐在我对面的王维以及他身后的佛像，我竟忽然有些走神。

我想起开元年间，在洛阳酒楼第一次见到他时的情景，那时的他与我相距甚远，他在众人的围绕与簇拥中，是何等的意气风发，他用洪亮的嗓音唱起自己新作的诗歌，座下掌声雷动，喝彩不断——他曾是包括我在内的无数学子追慕的偶像与榜样。

然而，现在的他，似乎早已没有了当初的精神气，变得沉默而寡淡了，这多少让我有些伤感。我知道，安禄山的叛乱对他的打击肯定很大，也许远离朝堂的隐居生活，对他来说，未尝不是一种治愈和解脱，就像他在诗里说的："一生几许伤心事，不向空门何处销。"

为此，这次的辋川相会，我们之间并没有过多地提及朝堂之事，更多的是喝茶聊诗。崔兴宗和裴迪当时也在场，他们作为陶渊明的共同信徒，甚至劝我也一起加入。但是我做不到，一是家中妻儿老小还有待我去抚养，二是大唐战乱未平，我怎能贪图个人安逸？

临近告别时，王维与友人一起为我送行，王维看了看我，他知道，我是个热诚而笃定的人，不达目的是决不会罢休的，属于他的时代已经过去了，未来是属于我这一辈人的，尽管他的语气有些失落，但他还是希望我能为大唐带来一些改变和新意。

宰相房琯

　　然而后来的事情，终究还是没有按照王维和我自己希望的那样发展——从辋川山庄回来没多久，我就因为牵扯进房琯罢相的案子而遭到贬谪。

　　这个房琯是名相房玄龄的侄孙，出身高门子弟的他，颇有先祖遗风，且文采风流，与朝中文士亦多有往来。他的偶像是战国时的孟尝君，为此，他在府上豢养了很多才华横溢的门客，我初到长安时，他也曾短暂接济于我，我们便因此而相识。

　　后来安禄山造反，他随玄宗出逃蜀地，因为一路上对玄宗照顾有加，玄宗颇为感动，直接升他为同平章事，也就是宰相。肃宗在灵武登基之后，他更是被玄宗选为钦差，全权代表玄宗去灵武宣旨，承认了肃宗继位的合法性，他也因此留在肃宗身边，继续充任宰相。

　　倘若是这样也就罢了，偏偏这个房琯并不满足仅在朝堂理政，面对大唐当时的危局，他一介文人，且毫无作战经验，居然向肃宗申请上前线领军平叛。

肃宗当时对房琯的军事能力也不了解，但见他如此自信和执着，竟欣然同意，还给了他几万兵马去往前线，与郭子仪、李光弼等人汇合，共同参与收复两都的战役。结果呢，郭、李指挥的大军是节节胜利，唯独房琯的军队损兵折将，败仗连连，最终又被召回了长安。

经此一事，朝中不少人开始对房琯不满，觉得他志大才疏，实难堪当宰相之位，纷纷上疏请求罢免房琯。但肃宗念其当初赴灵武宣旨有功，且当时天下未定，正是用人之际，所以并未过分追究，只是他与房琯的关系也就此疏远了。

再后来，郭子仪成功收复两都，情况又不一样了。那时肃宗的帝位已初步稳定，为了进一步巩固自己的权力，他开始对父亲玄宗朝的旧臣进行"清理"，其中也包括房琯。

董大受贿

后来很多人说，我和房琯就跟李白一样，都不过是李唐皇室权位斗争的牺牲品，但当时的我作为局内人是看不到这些的，我只能根据我所看到的事实来做决定——是的，我怎么也不敢相信曾经以重义轻财著称的房琯，最后竟会因为一场受贿案牵连被贬。

事情的经过是这样的，在房琯豢养的众多门客中，有一个叫董庭兰的人，别名"董大"，是当时一位非常有名的琴师，几乎和李龟年齐名，高适的那句"莫愁前路无知己，天下谁人不识君"就是写给他的。或许是应了高适的这句诗，早年一直穷居山林的他，晚年竟得到了房琯的赏识，被招入宰相府中，过上了衣食无忧的艺术家生活。

正因有房琯的赏识和推荐，董大很快就成了长安城里的红人，被京城贵胄们争相邀请去府中表演。但艺术家毕竟是艺术家，心智比较单纯，又喜欢交朋友，他哪里看得懂这背后复杂的政治与人情世故，甚至都不知道邀请他的人里有不少是房琯的政敌。

这些人一面瞒着房琯请董大吃喝玩乐，送金赠玉，另一面则偷偷向肃宗告房琯的状，说房琯的门客倚仗主人权势，四处结交朋党，贪污受贿，房琯对其不但没有严加管束，反而大肆纵容，属于严重的徇私枉法行为，理应着重治罪。

于是，不久后，面对一堆弹劾房琯的奏疏纷至沓来，肃宗下诏历数了房琯"连战连败""纵容受贿"及"怠慢朝堂"等多项罪名，并罢免了他的宰相职务，贬为邠州[*]刺史。

众所周知，自父亲玄宗从蜀地返回长安后，肃宗为巩固自己的帝位，已接连贬谪了多位父亲的旧臣，此次的董大受贿案，也只不过是他想要换掉房琯的一个借口。

但偏偏，我没有看出其中的门道，非要犯颜直谏——因为作为左拾遗，遇到不公之事，向皇帝谏言本就是我的分内之事，不然就是玩忽职守。

谏言获罪

因为房琯的事，我接连上了多道奏疏，认为董大受贿一案目前尚未查明，且房琯身居宰相要职，平日工作也一直认真负责，偶有过失就贸然罢免，处罚过重，恐难服众。

"你与房琯是旧交，当然是替他说话了。"朝堂之上，肃宗轻蔑地说道。

"陛下所言差矣，微臣只是秉公直言，房琯罪不至此。"我说。

"仅至德元年（756 年），陈陶*一役，房琯致使我方全军覆没，损失精锐四万余人，这还叫罪不至此？"肃宗反问道。

"战场胜败之事，应从多方考量，并非房琯一人之责。"我说。

"不是他房琯一人之责，难道还是朕的责任不成吗？"肃宗再次反问。

★　今陕西咸阳附近。

顿时，朝堂陷入了沉默，空气安静得可怕，我再也不敢说话了，我总不能指责皇帝吧。

于是，几乎当场大怒的肃宗，随即将我下诏入狱，并派张镐、颜真卿等人对我进行三司会审，非要揪出我的若干罪证，再将我依法严惩不可——我感觉自己离死期不远了。

其中，张镐作为我的案件主审人，那时已经接替房琯成了新任同平章事。

据说，张镐早年是经杨国忠的引荐才得以入仕，后来杨氏兄妹在马嵬驿兵变中丧生，他又投奔肃宗，因在平叛中立下大功，颇得肃宗的赏识。

我原以为经奸相引荐之人，必定也是奸险之辈，张镐必定会对我广罗罪名，再大加惩处一番，但万万没想到，此人不光打仗在行，同时也是个秉公执法的好官。

"烽火连三月，家书抵万金。这句诗是你写的吧？"牢房之外，张镐问我。

"是。"我说。

"你的这句诗可是激励了前线的不少将士啊。"他笑了笑，说道。

我看了看他，没有说话。

"回家好好写诗吧，朝堂的水很深，不适合你。"他说。

之后，张镐又仔细查阅了我的履历和卷宗，发现我并无大过，且一直是个忠于职守的本分人，至于在朝堂之上顶撞龙颜，也只因一时鲁莽所致。为此，与我并无深交的他，竟向肃宗上表将我赦免，仅以"顶撞朝堂"之名，贬我为华州*司功参军。

---

* 今陕西渭南一带。

邺城惨败

因为张镐的帮助，乾元元年（758年）的六月，我重新回到了奉先。

奉先是华州的下辖县，同时也是华州官署所在地。经历了房琯一事后，我对朝堂已经不抱什么大的希望了，决定此后安心做个华州司功参军，业余时间就多写写诗，陪陪家人，想来这样的生活尽管有些平淡，可也不失为一种美好。

然而，世道终究未能如我所愿，转眼到了第二年的春天。

那时，我趁春光正好，带着杨莹和孩子们一起回洛阳的首阳山祭祖扫墓，并打算留在陆浑山庄小住几日再回去——毕竟我这个小小的司功参军平时也无太多公务可供忙碌。

谁知我们才到洛阳，刚稳定没多久的河北前线就再次陷入了动荡。

郭子仪与李光弼等九镇节度使，奉朝廷之命集结二十余万大军，围剿身在邺城的安庆绪。弹尽粮绝的安庆绪被逼无奈，只得向身在范阳的史思明求援，使得本已归降的史思明再次反叛。结果，叛军与唐军在邺城外的安阳河畔展开了大战。

唐军方面，由于军权已被肃宗委派的监军鱼朝恩把持，指挥调度一再失误，导致唐军在人数占优的情况下，依然遭遇惨败。之后，史思明进入邺城，并以弑父杀君的罪名鸩杀了安庆绪，自己做了伪燕新皇帝，同时还大肆集结力量，准备向唐庭展开反扑。

当我从前线溃逃回来的士兵口中得知唐军惨败的消息后，就连忙带着妻儿收拾行囊往奉先回赶。在回赶的途中，我再次目睹无数因战乱流离失所的百姓，目睹战火纷飞中的尸横遍野，以及大唐子民的顽强抗争，我无言以对，我不能自已。

"存者且偷生，死者长已矣。"纵时局维艰，我仍旧相信大唐，相信眼下的苦难与不幸都是暂时的，我们不屈的意志，必将战胜残暴与不仁，天下也必将重归太平。

关中大旱

不知为何，或许是前四十年的繁华把大唐的好运都挥霍光了，到乾元二年（759年）的秋天，关中地区又发生了一场前所罕见的大蝗灾。霎时间，赤地千里，农田颗粒无收，大唐百姓的日子更加苦不堪言了。

恰巧也是在那时，河北前线的战事再次恶化，刚带着妻儿返回华州不久的我，作为司功参军被上司紧急派往地方做征粮工作——这不开玩笑吗？

百姓们都快饿死了，哪里还有多余的粮食上交给朝廷，他们是一看到征粮兵的影子，就吓得四处逃窜，哭爹喊娘，使得我不知该如何是好。由此，我陷入了一个两难的处境——征不到粮，我官位不保；强行征粮，又恐怨声载道。

最后，经过辗转反侧的挣扎，我还是做出了一个艰难的决定——辞官。杨莹和家人也赞成我辞官，并表示目下大唐战火不断，这个官再当下去，迟早会官逼民反。

但辞官一时爽，我们的生活也就此失去了保障。面对家中粮食再次短缺的现实，我不得不带着妻儿一起远赴秦州*谋生——那时候，我的叔父杜登已经去世了，但他的儿子杜佐正在秦州做县尉，得知中原战乱及关中大旱，他主动写信邀我与家人前去避难。

本来，我是想带着舅父舅母一起去的，但被他们拒绝了。

"我们年纪大了，恋家，走不得远路，会拖累你们的。"舅父拍了拍我的肩膀，说道。

此时的他早已赋闲在家多年，平日里也和李白一样，酷爱钻研道家学说，他信天理循环，还说叛军暴虐成性，覆灭是迟早的事，我们只需耐心等待即可。

"把您二老留下，我实在是不放心。"我说。

"家中存粮足够我们熬过这场荒年，你们就无须为我们老人家担心了。"舅母说。

★　今甘肃天水一带。

江湖秋水

很不幸，事情再一次没有按照我预想的发展。

因为河北的战事持续吃紧，我的堂弟杜佐最终也被调去了前线参与平叛，致使我和妻儿在秦州仅待了一个多月的时间，屁股还没坐热就匆匆离去了。

之后，在堂弟杜佐的建议下，我便带着一家人南下去了成都——杜佐告诉我，我旧友严武因为在成都抵御吐蕃有功，已被朝廷升任为成都尹兼剑南节度使，执掌一方军政大权，且成都地处战略后方，去投奔他，至少可保我与家人安全无忧。

说到严武，他家和我家本为世交，他父亲严挺之和我父亲杜闲是多年好友，我们打小就认识，虽然后来我们的成长道路和志向各不相同，但幼时一起玩耍的情谊一直都在。

此次安史叛乱，严武原本因为平叛有功被封为京兆尹，也就是长安市的市长，可谓前途一片大好。但很可惜，后来他因为和我一起为房琯的事说情，触怒了肃宗，被肃宗一气之下贬出了长安，大好前途也随之暂时搁浅。

正所谓他乡遇故知，当我带着杨莹和两个孩子几经辗转，终于抵达成都后，严武十分热情地招待了我们，还派人在城西的浣花溪畔为我们搭建了一处住所，可谓关怀备至了。

而几乎在我和家人抵达成都的同时，我得知了李白因受永王谋反案牵连被流放夜郎的消息，这让我不知该如何是好——夜郎乃瘴疠丛生的蛮荒之地，对于年近六旬的李白来说，此行路途崎岖遥远，恐怕是凶多吉少，有去无回了。

想到这些，我悲痛莫名，我预感到我此生可能再也见不到李白了，遂提笔写道：

凉风起天末，君子意如何。

鸿雁几时到，江湖秋水多。

文章憎命达，魑魅喜人过。

应共冤魂语，投诗赠汨罗。

浣花草堂

悲痛归悲痛，我和家人的生活还得继续。

来成都不久后，我的好兄弟严武为了帮我养家糊口，向朝廷举荐我为检校工部员外郎，后世的人也因此称我为"杜工部"。尽管只是个挂名的从六品虚职，平时主要是在严武的幕府中做些参谋工作，但每个月都可以从他那里按时领到一笔俸禄。

因为有了严武的帮助，我和家人在成都过上了短暂的安稳生活，而那座位于浣花溪畔的破落草堂也因为我的到来，成为后世无数人朝拜的圣地——当然，这都是后来的事。

不过，在我生活的那个年代，成都也的确有一处圣地——武侯祠。

上元元年（760年）的春天，来到成都的第二年，我带着家人一起去拜访了武侯祠，这座蜀汉名相诸葛孔明的祠堂，如今香火鼎盛，祭拜他的人络绎不绝。

说到孔明，他只比我的十三世祖杜预早生大概四十年，作为唯二入选文武两庙的人，他们几乎处于同一时代，且都志在统一，结束三国乱世。只可惜他们所属阵营不同，孔明居于巴蜀，杜预则在洛阳，而这也造就了两人完全不同的命运。

孔明倾尽巴蜀之力，以小博大，六出祁山，明知不可为而为之，最终落得个"出师未捷身先死，长使英雄泪满襟"的结局，想来也是让人无限感慨。

这就好像我，从小一直以祖先杜预为榜样，渴望建功立业，成就一番不世功勋，到头来却遭逢乱世，还因直言犯上，惨被贬谪，虚耗了大半生的光阴。

我想，这种仕途失意的心情，与孔明北伐失败时的心境应该是一样的吧。

高适来蜀

　　上元三年，也就是宝应元年（762年）的四月，随着玄宗与肃宗的相继离世，太子李豫登基成为大唐新皇帝，严武的仕途也因之迎来了转机，不久即被召回长安，重新当上了京兆尹，并兼任御史大夫之职，全权负责两位先帝的陵寝监修及善后事宜。

　　接替严武来蜀的人，是我的另一位老朋友高适。他和严武一样，对我和我的家人照顾有加，繁忙的工作之余，他时常来浣花草堂找我喝酒聊天。他知道我们家生活拮据，所以每次拜访，他都会给我们带来很多的酒肉与粮食，他也因此深得我那两个孩子的喜欢。

　　每次喝醉，我们总会聊起年轻时在燕赵一带寻仙漫游的事情——那时的河北还不像现在这般战火纷飞，那时到处春意盎然，草长马肥。那时的我们都落魄，都郁郁不得志，虽一无所有，却心怀天下，慷慨激昂，纵论古今，仿佛有说不完的话。

如今，我年过半百，依然落魄，而高适却早已今时不同往日了。五年前，正是他奉旨领兵平定了永王的所谓"叛乱"，并间接导致了李白的入狱与流放，同时，他也因此为肃宗帝位的巩固立下大功，从此一路飞黄腾达，成了手握重兵的军政要员。

从高适的口中，我得知了前线的最新战况，逆贼史思明已被儿子史朝义杀害，目前，史朝义的残军败将已被仆固怀恩率领的唐军团团包围，困守于范阳孤城，离覆灭不远了。

春夜喜雨

　　随着草堂外的天色渐暗，酒过三巡的高适也终于向我敞开了心扉——

　　"你知道李白现在怎么样了吗？"他忽然问我。

　　"他不是已经被流放到夜郎去了吗？"我反问他，语气中带着几分埋怨，埋怨他作为讨伐永王的主将，为何不替李白说句公道话。

　　"你心里一定是在怪我，当初为什么不救李白，对吧？"他似乎看出了我的心思。

　　我独自喝着闷酒，没有理他。

　　"朝堂上的事，你不懂的，我不救李白，恰恰是救了他。"他说。

　　我看了看他，依旧没有说话。

　　"你知道李白的名声传遍大唐，又是永王幕府中人，属于皇帝树立的反面典型，我若那时替他说情，只会进一步惹怒皇帝，那他的后果就不止于流放了。"他说。

"那现在呢？永王之乱早已平定，总该可以救他回来了吧？"我又问。

"已经用不着我救他了，三年前关中大旱，肃宗皇帝大赦天下，他的罪早就免了。"

"那他现在人在哪里？"

"唉……他已经去世了。"

"去世了？怎么死的？"我有些不敢相信，刚得知李白遇赦，转瞬就闻听他的死讯。

"据说是饮酒过度，死在他当涂的族叔李阳冰家中。"说完，高适的脸上浮现出了一丝伤感，尽管如今的他身居高位，但提到李白，他的心中仍会感到愧疚。

因为李白的死，让我们两人的谈话陷入了沉默。而此时，草堂外忽然下起了一场细雨，让整个春夜顿时变得温柔起来。望着浣花溪上的渔火，我再一次想起李白，那个仿佛永远活在春天的李白，他的一生也像细雨一样飘过盛世的大唐，慰藉着无数后来人的心。

窗含西岭

　　紧接着，到了第二年，也就是广德元年（763年）。

　　按照我开头讲过的——安史之乱刚平息没多久，吐蕃便乘虚而入，从多路同时进发，劫掠大唐边境，兵锋直指长安，陛下被迫出逃陕州，大唐再次陷入了动荡。

　　而在吐蕃的多路劫掠大军中，有一路军队是从蜀地的西边出发的。

　　高适身为剑南节度使，闻讯后率军抵挡，但因为他初到蜀地，对这里复杂的地形及吐蕃军队的战法都不甚了解，结果节节败退，连失数州之地，搞得他痛苦不已。最终，在我的建议下，他向陛下上表，请求调回曾多次与吐蕃交战且经验更为丰富的严武。

　　于是，在广德二年（764年）春，严武又重新来到蜀地镇守，高适则返回了朝中，改任刑部侍郎，之后又屡屡升迁，一直做到了散骑常侍，晋爵渤海县侯，虽然没他祖父的渤海郡王来得威风，但在某种程度上，他也算是恢复他们高家昔日的荣光了。

至于蜀地这边，严武一回，吐蕃很快便被击破，一连后撤了数百里，他也因功被加封为检校吏部尚书，晋爵郑国公，对于虚岁才四十的他，这份履历堪称完美。

随着吐蕃的败退，蜀中又恢复了往日的安宁，看着江面上熙攘往来的商贾货船，想起友人所建立的功勋，我的内心无比欣慰——尽管我对于自己的仕途已然不抱什么希望，但我真心为他们的成就感到高兴，就像青天上飞翔的白鹭那样高兴：

两个黄鹂鸣翠柳，一行白鹭上青天。

窗含西岭千秋雪，门泊东吴万里船。

仆固怀恩

但好景不长，仅过了一年，即永泰元年（765年），高适与严武就相继因病去世。而在严武死后不久，他曾经的部下们便为了争夺节度使的位子，相互残杀起来，蜀中由此再次陷入内乱。已然失去依靠的我，只得带着家人被迫离开生活了六年的成都。

也是那一年，在安史之乱中功劳仅次于郭子仪和李光弼的名将仆固怀恩，因屡遭宦官骆奉先诬告谋反，最终被逼反抗，联合回纥与吐蕃各部，共计三十万大军，以"清君侧"为由，浩浩荡荡向长安进发。消息传至京师，朝野为之震动，陛下急召郭子仪率军平叛。

说到这个仆固怀恩，他本为回纥铁勒部贵族，家中世代为大唐镇守边关。安史之乱中，他随时任朔方节度使郭子仪入关平叛。后来正是通过他的努力，大唐才向回纥借来援兵，并最终一举收复了两都。不久，他就因功被提拔为新任朔方节度使。

身为大唐救火员的郭子仪，听闻老部下"造反"，有些不敢相信。在郭子仪看来，仆固怀恩对大唐向来忠心耿耿，安史之乱中，他全家四十余口皆命丧敌手，堪称满门忠烈，如果不是被逼上绝路，他是断不会走上造反这条路的。

有鉴于此，郭子仪没带一兵一卒，就连夜奔赴仆固怀恩的军帐，并质问他为何做出如此大逆不道之事。面对老上司的训话，仆固怀恩无从应答，只得如实陈述自己的冤屈，而在郭子仪答应为他申冤后，他也最终同意撤军——这就是"郭子仪单骑退回纥"的故事。

只可惜，撤军的仆固怀恩，到死都没有等到自己平反昭雪的消息——回到回纥没多久，他就因病郁郁而终了。可怜一代名将到头来却落得个"叛臣"的骂名，而他的死也真实反映了经历安史之乱后，大唐皇帝对边关胡人的包容与信任早已荡然无存。

夔州都督

因为仆固怀恩之乱，导致我北上回奉先与舅父一家团聚的道路被堵，我只得携妻儿改走水路。我们从成都出发，打算乘船沿长江而下，再转道回洛阳。

大历元年（766年）初，随着回纥与吐蕃联军的全面撤退，长安的危机再次解除。而我和妻儿的小船，此时也穿过巫峡，抵达了夔州*奉节地界。正是在这里，我迎来了人生创作的高峰，短短三年时间，我思如泉涌，竟写下了数百首诗歌。

而我之所以变得如此高产，其实还要感谢一个人——夔州都督柏茂林。

"阁下可是杜子美，杜先生吗？"江岸边，一个洪亮的嗓音喊道。

也不知柏茂林是从哪里听闻了我的消息，当我们的小船抵达奉节时，他竟亲自来江边迎接，并盛情邀请我和家人进

---

* 今重庆一带。

城一叙。虽然那时我还不知道他是谁，但见他满面诚恳，看起来不像个坏人，且我们一路舟旅劳顿，总该上岸补充点伙食，故而欣然应邀。

经柏茂林的自我介绍，我才知道他原来是严武的战友，曾和严武一起在蜀地抗击过吐蕃，严武还在战场上救过他的命，后来他跟随郭子仪平定河北。不久前他刚被升任夔州都督，他还说严武生前常向他提起我，并表示他很喜欢我的诗歌，还一直想着去成都拜访我。

由此，当他从蜀中友人处得知严武病逝，蜀中内乱，我携妻儿走水路出逃成都时，他预料我们定会路过夔州，便每日派人来江边驻守，今天可算是等到我了。

"先生年纪也大了，不要再四处奔波了，若不嫌弃，以后就与家人一起安心住在夔州吧。"柏茂林一杯热酒下肚，看着好几天没吃顿饱饭的我，说道。

"这样太麻烦您了。"我连连推辞。

"这怎么能叫麻烦呢，先生是严武的挚友，严武救过我的命，这份恩情，我永世不忘，还望先生万勿推辞啊。"他说。

"好吧。"我看了看他，又看了看杨莹和两个孩子，感动答应。

落木萧萧

　　或许是出于对严武的报恩与补偿，又或许是出于对我诗歌单纯的喜欢，柏茂林给予了我和家人无微不至的照顾。正是在他的帮助下，我重新与北方的亲友们取得了联系。

　　同时，柏茂林还命人在城郊为我们开垦了一大片果园，并雇用了几个农人和我们一起劳作，让我和家人的生活有了必要的保障。他还嘱咐我以后只管安心写诗，做好当代的陶渊明，至于生活上的琐事，有他在，我便无须操心——他可真是个好人呐。

　　在那时，宗文和宗武都已经长大了，哥哥二十，弟弟十七，像他们这么大的时候，我已经开始去吴越一带漫游了，而他们却只能跟着我颠沛流离，吃尽苦头。每每想到这些，我便感到愧为人父，好在兄弟俩都很懂事，主动承担起了果园里的繁重劳作。

　　也正因此，我在夔州的大部分时间，其实都是躺在家中养病——经年的漂泊，加上肺病复发，我的身体早已大不如前，幸亏有杨莹一直陪在我身边，对我悉心照料，在我病情略有好转后，她甚至主动陪着我去附近的山间散心解闷。

夔州虽比不上成都富庶繁华，但山水风光亦是别有一番气象。

大历二年（767 年）的秋天，在杨莹的陪同下，我第一次游览了离奉节不远的白帝城，那是当年刘备向孔明托孤的地方，同时也是李白遇赦返回中原的起点。

"'朝辞白帝彩云间，千里江陵一日还'，这就是李白诗里说的地方吧？"登上白帝城头之后，杨莹眺望着城下蜿蜒流淌的江水，忽然问我。

我看了看杨莹，点了点头。

那时，距离李白去世已有五年，高适与严武也先后离我而去，而我自己不但早已远离了朝堂，甚至是沦落他乡，百病缠身。目睹白帝城下苍凉的秋色，聆听长江两岸不时传来的猿嚎，想起我蹉跎了大半生，却终究一事无成，我的心头忽然涌出无尽的悲凉。

正所谓：

风急天高猿啸哀，渚清沙白鸟飞回。

无边落木萧萧下，不尽长江滚滚来。

逢李龟年

　　一直到大历三年（768年），我和家人才终于决定离开夔州。

　　因为在那一年，我收到了舅父病危的来信，那时他正在舅母的陪同下来洛阳寻医，但迟迟不见好转，自知时日无多的他，希望能再见上我最后一面。

　　于是，为了避免当初我姑母那样的遗憾重演，收到信的第二天，我就毅然放弃了安逸的果园，并辞别了再三挽留我的都督柏茂林，带着家人踏上了返回洛阳的归途。

　　我们的小船顺江而下，过江陵，转公安＊，等到第二年，我们已经漂到了洞庭湖，而在洞庭湖边的岳阳楼上，我还碰见了一位老熟人——李龟年。

　　"正是江南好风景，落花时节又逢君。"见到他的那一刻，我几乎脱口而出。

　　此时的李龟年，早已是两鬓斑白，不复往日风采——据说，

────────────
＊　今湖北公安。

安禄山攻陷长安后，他就带着家人一路逃到了南方，和我一样漂泊无依，仅靠在酒肆中卖唱维持生活。

他似乎有些耳背，见我向他打招呼，他也没有认出我，只是把我当成了一位慕名而来的普通听众，习惯性地向我点头微笑，这也很正常，毕竟当年在洛阳与长安的王公贵族府上，他曾经风光无限，而我，只不过是他成千上万乐迷中的一个。

待人群纷纷落座之后，岳阳楼外的洞庭湖忽然吹起了一阵暖人的微风，几乎所有人都在凝神屏息，都在注视着台上那位昔日的乐圣。只见他清了清嗓子，轻轻拨动琵琶，唱了一首王维当年写给他的诗："红豆生南国，春来发几枝。愿君多采撷，此物最相思。"

他的眼里泛起泪光，众人也随他一起落泪，泪中是我们再也回不去的盛世光华。

月涌江流

之后，就是大历五年（770年），因为一场突如其来的洪水，我和家人被滞留在了潭州 * 地界，最终还是没能赶回洛阳见舅父最后一面。等洪水退却，已经是那年冬天的事了。

此时，我们一家四口旅居于船上，靠着附近村民施舍的粥饭才能勉强填饱肚子，而我由于感染上风寒，病情已然更加严重，连简单的站立与行走都变得十分困难。

也正因此，我渴望回到故乡的愿望变得更加急切。

启程前的那天晚上，临近潭州的耒阳 ** 县令据说是因为喜欢我的诗，还特意带着一大箱的好酒好肉来给我们送行。在大酒之后，我们便开始唱歌。

宗文和宗武负责击箸和声，杨莹也难得跳起了舞蹈。

"'昔有佳人公孙氏，一舞剑器动四方'，嫂夫人的舞

姿，比之当年的公孙大娘，亦不遑多让啊。"县令敬了我一杯，感慨道。

看着在月下起舞的杨莹，我竟陷入沉默——本为大家闺秀的她，这些年跟着我缺衣少食，四处漂泊，从少女长成了老妇，却从无埋怨，而我至今都未能兑现年轻时封侯拜相的诺言，也从未让她和孩子过上真正安稳的好日子，对于她，我实在是亏欠太多。

"明日便要回家了，子美应该高兴才是。"杨莹停下舞蹈，坐到了我的身旁。

"夫人，你不怪我吗？"我问。

"怪你什么？"杨莹浅笑，反问我。

"这些年跟着我，让你受苦了。"我说。

"能与子美相伴携手，是我此生最大的幸事，何苦之有？"她说。

说完，她将杯中的酒一饮而尽，是的，她总是那样的豁达与包容，如同天上那一轮温柔的明月，照在平静的大江上，照在我的心里，也照向了我们即将返回的故乡。

扶摇直上

李　白

生于武则天长安元年（701年）
卒于唐代宗宝应元年冬（762年12月）

东鲁妇人

我这一生有过许多的女人，但最令我难忘的仅有四个。

天宝三载（744 年）的冬天，结束河北之游后，我便与高适、杜甫二人各奔东西了，他们分别回了河南老家，我则去往东鲁与刘娥团聚。

刘娥是我的第二任妻子，同时也是东鲁有名的富商之女。

自开元二十四年（736 年）我的发妻许晴儿病逝，我便带着我们的两个孩子——长女平阳，次子伯禽，从安州*辗转到了兖州。后来经挚友元丹丘介绍，认识了刘娥。

起初，因为元丹丘的夸赞，刘娥对我还颇为殷勤，也不嫌弃我拖家带口，只觉得自己嫁给了一个大诗人，将来必定富贵荣华，衣食无忧，日子过得美滋滋。

然相处一久，她便开始后悔了。

"除了吃软饭，你还会干什么？"刘娥质问道。

★ 今湖北安陆。

对于刘娥接二连三的质问与白眼，我不置可否。

毕竟我也快四十了，有手有脚，不出去找个正经工作也就算了，整天躺在家里，吃她的喝她的，丝毫没有半点要承担家庭责任的意思，换谁也受不了。

直到天宝元年（742年），一封诏书从长安突然而至，刘娥的态度才再次由阴转晴——是的，当今圣人要招我入朝做官了，我梦寐以求的飞黄腾达就要来了。

记得出发去长安那天，刘娥满面笑容为我送行，预祝我此行一切顺利，并叮嘱我不要在外面拈花惹草，正所谓"宁恋本乡一捻土，莫爱他乡万两金"嘛。

"有劳夫人在家照看两个孩子了。"我说。

"哪里的话，只盼夫君早日归家。"她说。

"呵，现在知道我的本事了吧。"我向她微笑点头，暗暗说道。

天宝元年

天宝元年（742年），是我离梦想最近的一年。

那一年，牡丹花盛，我在玉真公主、贺知章、元丹丘、吴筠等一众好友的举荐下，终于得到了圣人本人的降辇步迎，在长安城里出尽了风头。

"我读过你的诗，写得不错。"这是圣人对我说的第一句话。仅因这句话，就惹得长安城里的王公贵族们争相与我结交。顿时，我下榻的客栈门庭若市，每日都有人来找我高谈阔论，饮酒作诗，令我片刻不得清闲。

我想，历经半生蹉跎，我实现平生志向的时机就要到了。

你问我的志向是什么？那当然是位列卿相，辅国安民，保我大唐万世永昌了。你说我不现实？不现实就不现实吧，人活一世，总该做点自己想做的事情。

等到天宝三载（744年），圣人下旨，封我为"翰林供奉"，朝中权贵对我更加趋之若鹜，纷纷引我酒友诗仙。当然，也并非所有人都如此，比如王维，就对我爱答不理。

听人说，王维早年也是受了玉真公主的举荐，在开元年间做了状元，很瞧不起我们这些江湖子弟，平时就喜欢一个人窝家里吃斋念佛。对此，我也是无话可说。

除了王维，另一个不爱搭理我的人，可能就是高力士了。

高力士是圣人身边的红人，因协助圣人平定了韦后与太平公主的叛乱，官至右监门卫大将军，晋爵渤海郡公，诸王公子无不对其礼敬有加，在朝中也算是个人物。

按理说，我与高力士井水不犯河水，本不该有什么矛盾，可偏偏因为一场酒局，让我和他一同载入了历史，此后的世人只要一想到高力士，就会想起我脚上的那只靴子。

力士脱靴

　　原本以为，我做了翰林供奉，陪在圣人的身边，总该有机会一展多年的抱负。

　　但事实并非如此，除了偶尔找我写诗填词外，圣人从未与我讨论过任何军国政事，位列卿相更是无从谈起——这不是逗我玩吗？我抛家舍业，大老远从东鲁跑到长安，可不是来写诗的——我要做的是辅国安民的大事业！

　　终于，在几番面圣谏言无果后，我的心情沮丧到了极点。

　　我只得终日借酒消愁，打发无所事事的时光，我已记不清自己当时到底喝醉过多少次，如同记不清长安城中的太阳，究竟经历了多少次升起与落下的轮回。

　　直到某天的夜里，高力士突然来到我的住处，他说是奉了圣人的旨意，传我去华清池为贵妃写诗。见我喝得不省人事，他竟直接把一瓢冷水泼到了我的脸上。

　　"醒了？"他问。

"醒了。"我说。

"醒了就跟我走吧。"

我晃了晃尚未清醒的脑袋，白了他一眼，没有说话，径自随他去了华清池。

后面的故事，你们都知道了——在圣人、贵妃、王子皇孙及众多番邦使臣的共同见证下，我将几樽清酒一饮而尽，伏于案前，不出片刻，三首《清平调》跃然纸上，一句"云想衣裳花想容"就像盛开的牡丹一样，至今仍在华清池畔萦绕不绝。

"李供奉，果然好文采啊。"高力士走到我跟前，一脸谄媚的笑。

我又白了他一眼，此等势利小人，翻脸比翻书还快。一个太监，靠跟皇帝走得亲近，竟也官居显赫，我饱读诗书却无处施展，我不服！

于是，我缓缓抬起了那条改变我命运的大腿，说道："靴子有些紧了，烦请将军帮我脱了吧。"

高力士愣愣地看着我，没有说话。随后，我便被几个小太监匆匆架出了宫门。

赐金放还

"圣人有旨，赏李白五百金，即日离开长安，不得有误。"这是高力士对我说的最后一句话，他的嗓音尖细而凄厉，如同钻进我耳中的一根倒刺。

那一刻，我不知道是该哭，还是该笑。

直到多年后，时过境迁，我再次回想此事，才发现高力士其实也是个苦命人。

他从小就被送到宫里净了身，任劳任怨听人使唤，每日陪在圣人身边，鞍前马后伺候着，一般人还真做不来。当初，他之所以来找我，更多的只是在奉命行事，拿水泼我，也是怕我醉酒误事。反倒是我的行为，以公报私，显得小家子气了。

但事情发生了就发生了，我李白敢作敢当，如果给我重来一次的机会，我还是会把腿抬起来——毕竟在长安的日子，我已经受够了。

既然终日在此，消沉颓丧，也依旧无所作为，那长安与他乡又有何异？

　　既然身居庙堂，也不能实现心中志向，那不如继续仗剑天涯，云游四方。

　　是的，从我把腿抬向高力士的那一刻起，我就知道我要离开长安了——这座我年轻时拼命想要挤进的城市，还是老样子，一个矛盾的集合体，富足又空虚，包容又傲慢。

　　而离开它，也就意味着自由。

　　是的，属于我的时代还没有到来，我仍在等待那个真正懂我的人出现。

　　也是在那个时候，我遇见了一个叫杜甫的后生，他以其质朴与热诚的胸怀，给了我很大安慰。他和我年轻时很像，寂寂无闻却对前途满怀希望，浪荡青春却也不觉可惜。

　　在这期间，我们还结识了宋州的高适，三人相约在梁宋一带漫游，后来还一起去了趟河北，寄情山水之间，寻仙访道，度过了一段短暂的逍遥岁月。

　　直到临近寒冬，我将圣人赏赐的五百金挥霍殆尽，我们才各自分离。

泰山授箓

得知我在长安求官失败，刘娥终于不再犹豫，毅然将我和两个孩子赶出了家门。

是的，这回又该轮到她给我翻白眼了。

没办法，官搞丢了，钱也花光了，养我这么多年没捞到半点好处，只能及时止损了。可怜夫妻一场，终究还是无法成为一条路上的人，那就好聚好散吧。

于是，失去刘娥这一重要的经济来源，我被迫带着两个拖油瓶离开了生活数年的兖州，经元丹丘介绍，前往泰山紫微观拜会道长高天师，以期修得道箓，成为一名真正的道士——经历了长安的冷遇与此次离异，我对尘世的功名与琐事暂时是没什么兴趣了。

但偏偏此时，我遇到了生命中的另一个女人——高阳。

高阳是个孤儿，还未出生时，父亲就在征讨契丹的战争中阵亡，母亲生下她不久也染病离世。高天师见她可怜，便收她为义女，自小带在身边，倒也令她颇通道法。随着相处日久，高天师见她对我颇有好感，正好她也到了谈婚论嫁的年纪，便索性撮合我俩成了亲。

高天师还夸我天赋异禀，只要稍加修行，得道飞升是早晚的事，到时可别忘了他这位引路人。在大唐，道教作为国教，想成为一名真正的道士是要考试的，需要得到相关部门发授的道箓才算合格，而高天师是东鲁片区的道教事务负责人——我想入道，得他点头。

在与高阳完婚后，我的入道考核便正式开始。

按规定，我必须经历七七四十九天的辟谷，才有资格拿到道箓。在这四十九天里，我独自闭关于泰山之巅的洞穴中，不管风霜雨雪，每天只吃一顿饭，饮少许露水，打坐静思，朝观日出，暮览星河，觉人生之虚妄，感宇宙之无穷。

等到出关那天，我整个人都瘦了一大圈，恍若物我两忘，世界已与我无关。

道法自然

那次泰山辟谷，几乎要了我半条命，好在我顺利通过考核，成功拿到了道箓，就此成为一名官方认证的道士，以后便可以拿到朝廷的补贴经费养家糊口了。

高阳是个好姑娘，嫁给我时刚满十八，或许是父母的早逝，让她比一般人早熟。

按理说，平阳和伯禽只比她小五六岁，在她面前却完全像什么都不懂的孩子，她像照顾弟妹一样照顾他们。她总是把家里收拾得干净整洁，一尘不染。在我炼丹读书时，她也从不打扰，但每次都按时叫我吃饭，做的都是我喜欢的菜。

我想，如果不是她后来的病故，我们会一直这么生活下去。

对了，我和高阳也生了个儿子，我给他取名"天然"，取"道法自然"之意。

高阳说，她也喜欢我的诗，最喜欢那句"同居长干里，两小嫌无猜"，她觉得这就是在写我跟她的关系。她还劝我早日出山，尽管她知道我对如今的朝局有多么失望，但她还是希望我有机会就回长安去，因为唯有如此，我才能实现自己心中多年来的抱负。

"我觉得现在这样挺好的，有你和孩子们陪在我身边，我很知足了。"我笑笑，说道。

"你知道我当初为什么喜欢你吗？"她问。

"为什么？"我问。

"因为你的志向。"

"志向？"

"我喜欢你的志向，那种气吞万里的志向，我觉得那才是真正的你。"她说。

我看了看她，没有说话。

再后来，她就突然生了一场大病，没几天就病逝了。临终前，她面容安详，留下我和三个孩子在这孤独的世上，同时，也留下了她对我的期许。

千金买壁

　　天宝九载（750年），高阳去世的第二年，幼子天然因没有母亲的照料，不幸早夭。

　　悲痛欲绝的我，想起高阳生前的期许，再次独自踏上了西去长安的路途——此时，平阳和伯禽已长大成人，他们跟随高天师研习道法，颇得真传，我也可放心离去。

　　路过宋州时，我还顺道回了趟梁园。六年前，我、高适、杜甫三人曾同游过此地，如今物是人非。听说高适已在长安中了进士，马上还要去河西节度使哥舒翰的幕府中任职，将来必定前程远大。至于杜甫，那时他也在长安准备科考，金榜题名也该是迟早的事吧。

　　想到这些，我竟有几分羡慕起他们来，因为我作为商人之子，按大唐的律法是没有资格参加科考的——这也是我不断找人干谒的原因，我希望能以另一种方式进入仕途，从而实现我辅国安民、位列卿相的志向。待功成名就之后，便学我的偶像东晋谢安石，功成身退，归隐山林，在我看来这才是最完满的人生。就像我在梁园墙壁上题的那首诗："东山高卧时起来，欲济苍生应未晚。"

但正当我再次踌躇满志，准备重返长安的时候，一个女人却把我留了下来，她便是我生命中的第四个女人，也是最后一个女人——宗琰。

宗琰是宰相宗楚客的孙女，尽管宗楚客因支持韦后发动政变，被当今圣人诛杀，宗家就此衰落，但瘦死的骆驼比马大，至少在宋州一带，宗家依旧有很高的威望。

也不知这位宗小姐，是在哪里听闻了我的名声，得知我来了梁园，竟也兴冲冲跑来看我题诗。事后，她还花了一千两黄金把我题诗的那面墙壁给买了下来，我的那首《梁园吟》也因之传为佳话——要知道圣人赶我出长安的时候，也不过给了我五百金。

我在想，此女出手如此阔绰，家里得多有钱啊。

月照扬州

因为宗琰的"千金买壁",我又一次成了上门女婿。

新婚燕尔,我心中的忧愁也被一扫而光——借助宗家的势力与关系,我在宋州与东都洛阳之间游走,又结识了不少文人高士,其中答应举荐我的大有人在。按当时的情况发展下去,不出意外,即使我不去长安,再次出仕也是板上钉钉的事情。

更难得的是,宗琰与我志趣相投,我们都喜欢修道和旅行。

在天宝十载(751年),千秋节的前夕,我们收到好友吴筠道长从扬州寄来的信笺,他在信上说,扬州烟花盛开,有紫气东来,想邀我们前去相聚,共度佳节。

当然,也是在那一年,一个叫安禄山的杂胡被加封为东平郡王,兼领三镇节度使,掌控着北方的大部分兵马,权势与声望都达到了顶点,没过几年就造反了。

吴筠的来信,让我和宗琰欣喜无比。我们连夜收拾好行装,乘船沿大运河南下，不出几日便抵达了扬州。在扬州的酒肆中，我与吴筠躺在地板上聊了一宿，宗琰也听了一宿，我们聊当年一起在终南山修道的经历，聊长安城里的酒鬼与赌徒……

是的，我们都喝多了。

我看到窗外的月亮大得出奇，它不断朝我们涌过来，简直就要把我们压垮。

恍惚间，我想起二十五年前，第一次来扬州的那个夜晚，也是这样的月亮，一个年轻人独坐在酒肆中，想起远在千里之外的故乡，写下了平生最简单也是最难的一首诗：

床前明月光，疑是地上霜。

举头望明月，低头思故乡。

是的，我已经很久没有回家了。

碎叶飞雪

我第一个家在碎叶*，那是我出生的地方，也是大唐安西都护府所在地。

当时，在西域主要有两大势力，其一是大唐的安西铁军，统辖着安西四镇，总摄西域诸国，其二是更西边的大食，他们在穆罕默德的感召下，一路东进，亦得到不少拥护。

大唐与大食都知道彼此的存在，双方时战时和，各有胜负，在总体上维持着均势与和平。至于碎叶，作为连接二者的边陲重镇，自然是商贾云集，贸易往来频繁。

我的父亲李客，便是这众多商人中的一个，关于他的真实身份已经无从知晓——有人说他是李唐的宗室，迫于武后的追缉，辗转逃到了西域；也有人说他是行走江湖的侠客，在中原犯事杀了人，跑来西域避难的。不管哪种说法，至少都表明了他来自汉地。

★ 今属吉尔吉斯斯坦。

在抵达碎叶不久后，父亲开始以经商为生，也因此认识了不少胡人朋友，其中就包括我的母亲——一个金发碧眼的西域胡女，原本只会唱歌跳舞的她，在父亲的耐心指导下，不仅逐渐学会了汉语和写字，还熟读了不少汉文经典，俨然已是半个"中国通"了。

　　武周长安元年（701年）的冬天，母亲在碎叶城外的一顶帐篷里生下了我。

　　母亲说，我出生的那天晚上，帐篷外下着白茫茫的大雪，她因梦见太白金星在雪地的尽头升起，照亮了整个安西，故而给我取名为李白，字太白——在道教传说里，太白金星是玉帝派下凡间的信使，是带着使命的仙人，而这也似乎注定了我一生的命运。

　　因为父亲和母亲的陪伴，我在西域度过了一段自由的懵懂岁月——那时，父亲常会带着我骑马，并跟他的胡人商队一起，往来于安西的各个城镇之间，互市贸易。我只记得我们在大漠中飞奔，弯弓射雕、逐虎驱狼，仿佛日子永远也过不完。

神龙革命

　　直到神龙元年（705年），因为的母亲离世，在西域已无牵挂的父亲，才决定带着我返回他阔别已久的蜀中。与母亲同年去世的人，还有武后。

　　那年的十二月，中宗李显联合宰相张柬之等人发动兵变，逼迫武后退位，天下又复归于李唐。而新皇登基之后，随即大赦天下，父亲的罪行也因而免除。

　　自天授元年（690年）秋，武后从她的儿子睿宗手中夺取皇位，到神龙元年（705年）冬，她因病重被逼禅位，这位有史以来唯一的女皇帝，始终牢牢掌控着帝国最高权力。

　　在政治上，武后改"唐"为"周"，崇佛抑道，宠幸面首，重用酷吏，推行严刑峻法，大肆封赏武姓，打压李唐宗室，搞得李氏皇族人人自危，甚至当今圣人也未能幸免，不但他的生母被武后秘密诛杀，连他自己的少年时代也是在深宫幽禁中度过的。

随着神龙革命的成功，中宗李显再次登基，这种情况才终于迎来好转，大批李氏皇族被重新起用，其中就包括圣人和他的父亲睿宗李旦。

同样，随着中宗大赦天下，在外漂泊多年的父亲终于可以回家——说来也怪，父亲到死都没有告诉我，他当初究竟因犯何事跑去西域的，我甚至不知道他到底是不是真的姓"李"。

"这些都不重要，你只要记着我是你的父亲就够了。"他说。

记得离开碎叶那天，天上也下着大雪，父亲驾着马车在雪地上飞驰，车里装着他这些年在西域经商积攒下的几大箱金银珠宝，还有母亲的骨灰。

我抱着母亲的骨灰，望着马车外的月亮从天山上缓缓升起，只见云海苍茫不见底。

蜀中少年

　　我第二个家，在剑南道绵州＊青莲乡，那是父亲出生的地方，也是入蜀第一站。

　　抵达绵州后，父亲按当地习俗将母亲葬入祖陵，并让母亲以胡人身份进了家谱。也正是在绵州，父亲开始教我读书习字，五岁诵六甲，十岁观百家，说的就是那个时候。

　　记得在我九岁那年，即景龙四年（710年）的夏天，长安城里还发生了一件大事——此前身体一直挺硬朗的中宗李显，突然就在宫中驾崩了。

　　坊间传言，中宗是被他的女儿和老婆合谋毒死的。而在他死后不久，他的弟弟睿宗便在群臣的拥护下重新登基，也使得原本没资格继承皇位的圣人，因功被立为太子。

　　两年之后，厌倦皇室斗争的睿宗就把皇位让给了圣人，而圣人也不负所望，不仅成功平定太平公主之乱，还为大唐

_____

＊　今四川绵阳一带。

开启了全新的盛世，一个亘古未有的长达四十年的盛世。

及至开元四年（716年），十五岁的我，已经是蜀中小有名气的天才少年了，跟街坊邻里唇枪舌剑也丝毫不落下风了，普通的诗赋文章已然满足不了我了。

对此，父亲很是满意，而为了我的进一步提升，他竟不顾亲友反对，毅然将我送往他的好友——蜀中名士赵蕤的家中学习。经赵蕤的点拨，我的人生境界才算是真正打开。

那时候，赵蕤刚写完他的新书《长短经》（亦称《反经》），正为找不到传人而发愁，我的到来让他欣喜不已——在那个人人都在研究孔孟老庄的时代，他所钻研的乃是对科考仕途全无益处的所谓"纵横之学"，这不是吃饱了没事干吗？

帝王之术

与其说赵蕤是"名士"，更不如说，他是个"疯子"。

相传，他不仅能著书立说，且剑术高超，自称"天下第二剑"。当今圣人曾多征召他入朝为官，他都拒而不受，甘愿与妻子隐居山中，以教书育人、捕鱼打猎为生。

初到赵蕤家时，我对他很是看不上——五十好几的人，不出去考个功名也就算了，整天就窝在家里写书遛鸟、倒腾丹药，搞得自己随时都要上天成仙一样。

"说吧李白，你想学什么？"赵蕤问。

"我想学普天之下最厉害的学问，您会吗？"我有些不屑，反问。

"行，我会。"他说。真是一个敢教，一个敢学，我原本只是想吓唬一下他，让他知难而退，然后把我送回去，没想到他竟毫不脸红，满口答应。

"你看看这个。"说着，他递给我一本书，正是他的《长短经》，一本杂糅百家思想、记述国家兴亡、权变谋略、举荐贤能、人间善恶的大书。

"此为何物？"我翻了翻书，问道。

"这便是普天之下最厉害的学问。"他自信满满地说道。

"此为何学？"我满脸狐疑。

"纵横之学。"他说。

"何为纵横之学？"我问。

"申管晏之谈，谋帝王之术，奋其智能，愿为辅弼，使寰区大定，海县清一。"他答。

"学了有什么用？"我问。

"保你将来做宰相。"他说。

说真的，赵蕤讲出"谋帝王之术"几个字时，我着实吓出了冷汗，幸亏那是我们两人之间的密谈，要是被外人听见了，还以为我们俩要造反哩。

纵横天下

赵蕤隐居的那座山，名唤戴天山，距离绵州不远。

传说那是仙人居住的地方，山上飞瀑流泉，云蒸雾绕，山间有大片桃林，连绵开阔，在桃林深处，时有野鹿出没——那里便是赵蕤的家。

年近六旬的赵蕤，白发长髯，终年一身道袍，就如同传说中的那个仙人。

隐居多年，他几乎看遍了古今奇书，梦想是做苏秦张仪那样的人，游走诸侯列国之间，仅凭三寸不烂之舌，不费一兵一卒，就能掠地千里，止戈息武。

这样看来，赵蕤在本质上还是个和平主义者。倘若生在风云变幻的战国时代，他或许还能有一番作为，只可惜他生在了"开元盛世"，天下一统，繁荣稳定，早已没有了动荡分裂，他心中的抱负自然是无处施展，"生不逢时"的毛病也就随之而来。

越是觉得自己"生不逢时"，他就越是要倔强到底。

由此，他开始更加专注钻研于他的纵横之学，《长短经》就这么来的。

至于我的父亲，他似乎就是欣赏赵蕤身上那股遗世独立的傲气，不仅主动与其结交，还隔三岔五给他送赞助。在父亲看来，反正我也参加不了科考，学四书五经也没多大用处，不如跟着赵蕤多练练嘴皮子，了解一些人情世故，将来出去闯荡也不怕被人欺负。

更要命的是，这个赵蕤还自学了奇门遁甲，据说能占卜吉凶，预知过去未来。

"那您能预知一下我的未来吗？"我问。

"你是金星转世，未来自然是得道成仙了。"他喝了一大碗米酒，看了看我，笑道。

"不是要教我做宰相吗？"我问。

"对呀，先做宰相，然后成仙，不冲突。"他说。

由于赵蕤每次跟我聊天，都是半醉半醒的状态，不是聊战国往事，就是聊修仙八卦，显得很不靠谱，搞得我也不知道他哪句话真哪句话假，只能随他去了。

剑圣裴旻

开元九年（721 年）春，戴天山上的桃花开了满坡，不知不觉，我已经二十岁了，按照父亲和赵蕤的约定，五年期满，我便可下山回家了。

"能教你的，我都教了，明日你便下山去吧。"赵蕤说。

我看着他，也不说话，面露不悦，意思是暂时还不想下山。

"怎么，莫非是不想走了？"他问。

"您还有一样东西没有教我。"我说。

"什么东西？"

"剑术，您自称天下第二剑，可我从未见过您舞剑。"

"这个我恐怕教不了你。"他不无伤感地说道。

"为何？"我问。

"我曾发誓，归隐后便不再用剑。"

"若我非学不可呢？"

"那你去找我的师兄吧。"

"师伯何许人也？现居何处？"

"剑圣裴旻，现居东鲁，我现与你修书一封，日后你可去见他。"他说。

据赵蕤介绍，这个裴旻年轻时曾和他一起在天台山跟随司马承祯学道练剑。后来，裴旻去了边关参军，多次在征讨吐蕃与契丹的战争中立功，成了威名远播的大将军。又因其剑术高超，始终难逢敌手，遂有了"天下第一剑"的称号。

至于赵蕤，作为裴旻的师弟，为表对裴旻的敬仰，故自称"天下第二剑"。

"您为何不随他一起参军，说不定也能封个大将军？"我问。

"行军打仗，固然可敬，但非我之志。"他说。

"那您的志向是什么？"我问。

"我已年过六旬，隐居山野多年，如果还有志向，那就是写书了。"他半开玩笑道。

令我没想到的是，尽管赵蕤不愿传授我剑法，但他还是把自己珍藏多年的"易水剑"送给了我——据他介绍，荆轲当年就是用它刺杀的秦始皇。

"这把剑我留着也没什么用了，就送给你吧。"他说。

我接过"宝剑"，默默点头。

我心飞翔

临行的头天晚上，赵蕤和师娘设宴为我送行。

是的，那晚我又喝多了。

不知为何，本以为下山回家，我会满心欢喜，谁知真到了这天，我竟十分不舍。五年的朝夕相处，已让我对赵蕤产生了感情，除了脾气古怪一点，说话啰唆一点，他总体上还算是个和蔼可亲的老头，一位值得我尊敬的师长。

"分别在即，您还有什么话要嘱咐我吗？"我问。

"那你记着，以后在外闯荡，切勿告诉别人，你是我的徒弟。"他笑道。

"为何？"我不解道。

"第一次见你时，我就知你天赋异禀，如今又学了我的《长短经》，心智已开，日后定会有一番惊世骇俗的作为，怕你到时闯出祸来，牵累于我。"他说。

"太白，莫听你师父吓唬。你下山以后可有何打算？"

师娘白了赵蕤一眼，问我道。

"我想去长安开阔眼界，若有幸得到举荐，进入仕途，那再好不过。"我说。

"难得太白有此志向，比你师父强多了。"师娘打趣道。

"我看不一定要急着去长安嘛，可以先去益州转转，益州长史苏颋是我故交，我再与你修书一封，或许他可以为你引荐。"赵蕤说。

"那有劳师父了，但我有一事不明，想向师父请教。"我双手作揖道。

"但说无妨。"

"您认识那么多大官，为何不为自己谋个官职，而甘心隐居世外呢？"我问。

"我跟你不一样，我老了，不需要去证明什么了，你还年轻，正是建功立业的时候，将来你若能实现心中志向，就算是对我最大的安慰了。"他说。

"那您可否告诉我，实现心中志向，最重要的是什么？"我问。

"是心，跟随自己的本心，你会得到你想要的。"他说。

益州长史

开元十年（720年），历经大半年的游说，父亲终于同意了我准备入仕的决定。尽管他不知道我这五年来，在赵蕤那里究竟学了些什么本事，但他看了赵蕤为我写的推荐信，既然赵蕤说我行，那我就一定行——果然，姜还是老的辣。

于是不久后，我便辞别了家乡父老，带着父亲给我的盘缠和路费，开始了人生的第一次干谒之旅——出绵州向东行约二百余里，抵达益州*治所成都府。

所谓成都府，相当于剑南道的省会，以盛产"蜀锦"闻名天下，当时有"扬一益二"的说法，意思是在大唐城市经济实力排名中，扬州排第一，益州排第二。

初到大城市，我被这里的灯红酒绿迷了眼，苦于无处落脚的我，只能带着赵蕤给我的举荐信，径直去了苏颋的官署，而这也是我此行的主要目的。

---

* 今四川成都一带。

说到苏颋，他可不简单，废太子李承乾是他姑父，他父亲是睿宗朝的宰相、许国公苏瑰，堪称真正的权贵出身。早在开元初年，苏颋就与名相宋璟一同入阁中书，官至中书侍郎兼同平章事，直到前年罢相，才转任益州都督府长史，节度剑南各州军政要务。

此外，作为与张说齐名的文坛前辈，苏颋一直以乐于提携文学后辈闻名。本以为凭借我自身的才华，再加上赵蕤的推荐，我定能为其所赏识，不说能直接举荐我入长安，至少也能让我在他身边当个差事，多多历练也是好的。

事实似乎也如我所料，苏颋在看了我呈上的诗文和政论后，将我猛夸了一通，说我天才英丽，下笔不休，若多加学习，假以时日，必可与汉赋大家司马相如比肩——初出茅庐，就能得到文坛前辈此等评价，让我欣喜不已，连夜修书把好消息告诉了父亲。

上书李邕

　　遗憾的是，苏颋对我的赏识也仅限于口头表扬。结束第一次干谒会面后，苏颋便让我先回馆驿歇息，说有消息就会通知我。结果我一等就是大半月，却迟迟没有收到他的回复，最后去官署一问才知道，他不久前已被调回长安去了。

　　于是，不知是因为苏颋年纪大了，记性不好，把引荐我的事情忘了，还是其他什么原因，我的第一次干谒就这么不了了之——这怎么行呢？我贺信都寄回去了，牛也吹了，这让我怎么跟青莲乡的父老乡亲们交代？

　　有鉴于此，我只得由成都继续向东，过了峨眉山，前往渝州＊拜访我的第二个干谒对象——渝州刺史李邕。作为李姓本家，李邕以直言敢谏、刚正不阿的性格，为朝野上下所称道，且和苏颋一样，喜欢提携后进的文学青年，杜甫后来就曾受过他的勉励与支持。

＊　今重庆一带。

然而，对并非名门出身的我，李邕似乎没有表现出多少热情。虽然看在苏颋的份上，他最终还是见了我一面，但对于我纵论天下时局的言论，他置若罔闻，甚至是带有几分戏谑与嘲讽，笑道："后生还是回去多读书吧，天下大事错综复杂，不是尔等能明白的。"

果然，圈子不同不能强融，我和李邕交流了半天，他还是无法理解我安邦定国、经世济民的学说，就像曾经很多人不理解赵蕤一样——那还说什么，又白跑一趟。

在返回馆驿之后，想起李邕那嘲讽的笑声，我是越想越来气，遂提笔写道：

> 大鹏一日同风起，扶摇直上九万里。
>
> 假令风歇时下来，犹能簸却沧溟水。
>
> 世人见我恒殊调，闻余大言皆冷笑。
>
> 宣父犹能畏后生，丈夫未可轻年少。

仗剑去国

　　蜀道难，难于上青天，我的入仕之路亦然。

　　原本满心欢喜等我回家的父亲，得知我干谒失败，瞬间转喜为悲，说道："要不你还是别入仕了，跟我学经商吧，反正家里日子也还过得去。"

　　"不，我就是要入仕做官，不仅要做，我还做宰相。"我坚定地说道。

　　"你说要入仕，我也支持你了，但你又不能参加科考，如今干谒也没人搭理你，难道还有别的出路不成？"父亲对我的想法表示怀疑。

　　"不，是巴蜀太小了，我想到更远的地方去试试，天生我材，相信总能遇到一个愿意举荐我的人。"我信心满满。

　　"好吧，既然如此，那你便试试，只是你自己选的路，你要想清楚。"见我执意不肯放弃，父亲便不再劝阻什么了，毕竟我家里也不缺钱，趁年轻，让我多出去走走，增长一下见识也是好的——之后，待我正式离开巴蜀，已经是开元十三年（725 年）的事了。

那一年初夏，父亲的生意伙伴吴指南，经过三年筹备，终于组建好东下经商的三艘货船，我也得以搭乘他的船队出蜀，就此告别了青莲乡，也告别了父亲，此后都未再回去。

我记得离开那天是早晨，天还蒙蒙亮，江上闪着银灿灿的波光，微风吹过，水浪拍打着水浪，远处不时传来几声悠远的长啸，让人分不清是渔家的号子，还是山中的猿鸣。

此情此景，令我顿生豪迈之感，遂乘兴立于船头，独自在风中挥舞起赵蕤送我的易水剑——想当年荆轲西入咸阳，高渐离为其弹剑而歌："风萧萧兮易水寒，壮士一去兮不复回！"那曲调实在是太过悲凉，如今我东出巴蜀，定要长风破浪，衣锦还乡！

司马承祯

渡远荆门外，来从楚国游。

我们的船队从白帝城码头出发，一路顺江而下，穿过蜀山与巴水，很快便抵达了江陵地界，那里地处山南东道，为荆州首府所在，过去它是古楚国的都城，现在它是长江中部最大的一座州府，连接着巴蜀和富庶的江南。

正是在江陵，我第一次遇到我的师公——司马承祯，作为道教上清派第十二代宗师，他自号"白云子"，那时已经八十多岁了，但仍然不辞辛苦，四处行走，向世人布施道门微言大义，上至当朝天子，下至田间庶民，无一不在他的布道之列。

当我们的船队抵达江陵时，司马承祯恰巧因要去南方传道，途经此地，我便通报了赵蕤的姓名，邀他在江陵旅舍中相见，他也欣然应允。初次见我，他就欢喜不已，说赵蕤慧眼如炬，为大唐育一良才，还夸我气度不凡，有仙风道骨，可与神游八极之表。

"此番出蜀，意欲何为？"大师问。

"拜谒公卿，出将入相，功成则身退。"我说。

"功成身退，天之道也"，这是老子《道德经》里的话，讲的是人既要有进取之心，又不能过分贪恋权位，因为物极必反，万物兴衰起伏皆有天道，顺应天道，方能不被表象世界所迷惑，方能于天地间自由行走，长存无碍——汉初的张子房懂这个道理，东晋的谢安石也懂这个道理，我想司马承祯作为道门一代宗师，不会不懂。

"年纪轻轻，有此领悟，实在难得。"大师听完，果然欣慰一笑，点头表示认可。

司马承祯的认可，让我感激不尽，也让我重拾了入仕的信心——是的，我年少时便自比于大鹏，有冲天之志，但苏颋遗忘我，李邕轻视我，如今遇到司马承祯，他就像是一只世间罕见的神鸟，从九重天上专程下来度我飞升，那些凡鸟杂雀实在无法与之相比。

登黄鹤楼

　　江陵一别后，司马承祯去了南岳衡山，身为方外之人，对于找入仕之事，他不便过多插手，但临走前，他还是为我写了封推介信，把我介绍给了他的好友——当世第一隐逸诗人孟浩然。他说孟浩然广交天下英杰，诗名颇大，或许会对我的仕途有所帮助。

　　之后，我和吴指南的船队便继续东行，直至抵达江夏才再次靠岸，因为传言黄鹤楼正在举办一场诗歌酒会，而孟浩然也在其中——诗会由时任荆州长史韩朝宗主持，目的在于为朝廷选拔可堪任用的才学之士，引得附近的文人雅士纷纷前来赴会。

　　隐居在襄阳的孟浩然，是韩朝宗的重点邀约对象。而我，则属于不请自来。

　　在这次诗会之前，黄鹤楼其实也举办过一场诗会。在那场诗会上，一个叫崔颢的年轻人因为在墙壁上题了首诗而名扬天下，也是因为他的那首诗，我放弃了此次题诗计划——我承认，本人一生自负，很少佩服过什么人，但说实话，看到崔颢的那句"黄鹤一去不复返，白云千载空悠悠"，我还是被触动了，自觉黄鹤楼已被崔颢写尽，我不写也罢。

鉴于崔颢的原因，我未能在黄鹤楼的墙壁上题诗，成为我人生的一大憾事，但也不能说此次诗会就毫无收获，比如孟浩然，几杯热酒下肚，竟跟我成了忘年交。

正所谓"吾爱孟夫子，风流天下闻"——孟浩然隐于山野，耕读为业，淡泊名利、洒脱飘逸的处世态度，比之陶潜亦不逊色，堪称当代诗人楷模。

"待我功成身退，我想去鹿门山跟您一起隐居，您看行吗？"我敬了杯酒，问道。

"你先'功成'了再说吧，别学我，我是没办法。"孟看了看我，摇头道。

洞庭烟波

如孟夫子所说，他并非天生就喜欢隐居，只因科考不第，才不得不以退为进，这在大唐是很常见的现象，也是读书人在科考、干谒之外，第三条入仕路径。

《尚书》有云"野无遗贤，万邦咸宁"，乃是太平盛世的标志，当今圣人为了实现这一政治理想，便会派人到各处名山寻访遗落世外的高人隐士，希望他们能为大唐所用。有鉴于此，不少郁郁不得志的才学之士，乃至无所事事的江湖骗子，仿佛都瞬间找到了通往富贵的人生捷径，纷纷遁入山林，或著书立说，或装神弄鬼，只为能引起朝廷的注意。

多年后，孟夫子在长安与故交中书令张九龄相遇，写下一首著名的《望洞庭湖赠张丞相》，就很好地表明了他对于仕途那种矛盾而又复杂的心情：

八月湖水平，涵虚混太清。

气蒸云梦泽，波撼岳阳城。

欲济无舟楫，端居耻圣明。

坐观垂钓者，徒有羡鱼情。

开元十三年，同样是八月，我随吴指南的船队也来到了洞庭湖。那是大唐中部最大的湖泊，盛产银鱼和莲藕，水系众多，方圆千里，像海一样辽阔。这让我想起幼时读司马相如的《子虚赋》，其中便有楚王游猎洞庭的情景，如今亲眼所见，我是既兴奋又恐惧。

兴奋的是洞庭湖烟波浩渺，如同仙境；恐惧的是忽然刮起的大风折断了桅杆，我们的船只摇摇晃晃，面临着倾覆的危险。而悲剧便在那时发生——为了保护其他船员先行撤离，吴指南不慎落水染病，靠岸不久就去世了，我们只得在洞庭湖畔将他暂时就地安葬。

吴指南的死让船队一下失去了主心骨，所有人都悲痛不已，不知道今后该如何是好。我作为船队中与吴指南最亲近的人，只能强作镇定，担负起了领导船队继续前行的重任，毕竟大家出来一趟不容易，至少得把货卖出去，让大家赚到钱，才好回去跟老婆孩子团聚。

"按原计划行动，前往金陵。"我说。

江左风流

　　吴指南做的是丝绸生意，主要是用货船把成都的"蜀锦"运到吴地贩卖，再从中赚取一定的差价和劳务费——丝绸在大唐属于国货，行销海外诸国，从番邦使臣到西域胡商，无不对之望眼欲穿，而吴指南历经三年筹集的"蜀锦"，至少可抵千金。

　　吴地的中心便是金陵，过去叫"建康"，作为六朝旧都，自永嘉之乱后，就一直是南方的政治、经济、文化中心。尽管随着大运河的开通，它被临近的扬州超越，但仍然是一座贸易繁荣、商贾云集，且底蕴深厚、人文荟萃的大都市，站在秦淮河畔，两岸招摇的灯火，还是会让人恍惚回到三百多年前，那个王谢风流的俊逸时代。

　　我的偶像谢安，曾经就生活在这片土地上。想当年淝水之战，他坐镇金陵后方，远程指挥淮河前线的八万北府军精锐，大败前秦苻坚八十万大军，使东晋王朝得以保存，也间接为后世延续了南方的汉人文脉，他也因之名垂青史。然而，在此之前，他一直被认为只是一个喜欢游山玩水逛窑子的世家纨绔子弟，前后反差之大，隐藏之深，让人不觉赞叹。

进则建功立业，安邦定国，退则隐于山野，闲云野鹤——谢安可以说是实现了魏晋名士最高的人生境界，因此得到了"江左风流"的美誉，而这也正是我所向往的人生。

扯远了，说回金陵——历经辛苦，我们的蜀锦总算如期交货，经过我与买方的多次协商交涉，最后共得金三千两，其中货款所得二千五百两，余下五百两是买方给吴指南的意外死亡抚恤金。顺利拿到钱后，我便让同行而来的船员坐地分了，并嘱咐他们回蜀时记得把吴指南的尸骨迁回故乡安葬，同时务必把抚恤金交给他的家人。

扬州浪子

在金陵短暂休整后，我们前往扬州卖完了剩余的丝绸，其他人便乘船返回蜀地了。临行前，他们执意要给我三百金，作为此次交易成功的感谢。我推脱不掉，只得收下。

之后，我独自留在了扬州，继续着我的干谒漫游之旅。

"谁家今夜扁舟子，何处相思明月楼？"——这是多年前，我朝诗人张若虚站在扬州江畔时发出的感慨，他流传的诗作并不多，但仅凭一首《春江花月夜》就足以让他超越古今的大部分诗人，也正因此诗的名气，后人便在他发出感慨的地方盖起了一座"明月楼"。

我抵达扬州时，张若虚虽已被调往外地做官，不过我还是有幸住进了明月楼。这是扬州最有名的酒馆，老板也是张若虚的朋友，每次听说有诗人前来住宿，他就会热情邀请他们在酒楼的墙壁上题诗，我的那首《静夜思》也是这么来的。

在扬州，我总共待了一年多的时间。这期间，我终日流连于秦楼楚馆之中——作为南方乃至整个大唐经济最繁盛的城市之一，扬州也是无数达官显贵们时常出没的地方，而他们最喜欢去的，当然是秦楼楚馆等歌舞娱乐场所。

为了引起权贵阶层的注意，并得到他们的引荐，我学着偶像谢安年轻时的做派，每每出手阔绰，呼朋唤友，狎妓漫游，靡靡不可终日。然这种做法，非但未能引起权贵的注意，反而给我带来了"浪子"的名声，除结交了一帮酒肉朋友之外，我一无所获。

"不逾一年，散金三十余万，有落魄公子，悉皆济之。"

后来，我在给安州长史裴宽的自荐表中如是写道，尽管有很大的夸张成分，但扬州一年，的确花光了我所有的盘缠和积蓄，包括船员们答谢我的三百金。

心灰意冷的我，迫于无奈，只得写信向远在襄阳的孟夫子求助。

入赘相门

开元十五年（727年）春，走投无路的我，经孟夫子的介绍，入赘进了安州许家。

安州离襄阳不远。起初，孟夫子对我讲起这门亲事时，我是颇为抵触的，但得知女方的祖父许圉师乃是高宗宰相，我还是决定去会一会这位许小姐。

"你这不是让我去做倒插门吗？"我问。

"倒插门怎么了？当年司马相如也是倒插门。"孟夫子安慰我道。

没办法，钱都让我花光了，人穷志短嘛——许家是安州的第一大户，据说祖上还曾和大唐高祖皇帝做过同窗，虽然我去时，许圉师老爷子已经过世了，持家的是他的儿子许员外，但家中依旧有良田千亩，藏书千卷，用人百余，绝对是衣食无忧的富贵之家。

许员外膝下无子，唯有长女许晴儿虽早已成年，却始终未能婚嫁，故而广招天下英杰，希望能觅得一良婿上门，继承许家的家业，为许家开枝散叶，壮大门庭。

初见许晴儿时，我二十六，她二十九，已属于晚婚了。

俗话说，女大三，抱金砖——生于宰相之家，许晴儿从小知书达礼，甚至还会写诗作画，这让我们沟通起来毫无障碍。此外，她还曾师从公孙大娘学过剑术，要知道公孙大娘可是裴旻的亲师妹，而裴旻又是赵蕤的师兄，所以某种意义上，我们也算师出同门。

如此文武双全的许晴儿，堪称大唐一代才女，一般人自然很难入她的法眼，这也是她年近三十却迟迟没有婚嫁的原因——直到她遇见了我。

"你若为司马相如，我愿做卓文君。"她的脸微微泛红，说道。

"好。"我看着她清澈如水的眼眸，默默点头。

我想起当日在益州时，苏颋曾夸赞我未来可比肩相如，如今来看，似乎是应验了。

送孟浩然

入赘许家的头三年，我主要是帮着许员外做一些打杂工作，比如清点家里的日常收入开支，抑或去田间地头视察佃农与租户的劳动成果，也不能说有多轻松。

其余时候，我也没闲着，继续找官员干谒。首先拜访的是安州长史裴宽，他出生河东裴氏，名门之后，天宝初年曾出任范阳节度使，深得当地军民的拥护。后因军功日盛，为当朝宰相李林甫所妒，遭谗言被贬。再后来，李林甫便推举了看似更好控制的杂胡安禄山接替他，北方从此成为危机发酵之地——当然，这都是后话了。

经过许家的运作，我最终得以与裴宽会面，并双手奉上我洋洋千言的自荐表文。裴宽在看了我的表文后，似乎对我这个"倒插门"不太感冒，尤其是表文的最后一句"何王公大人之门，不可以弹长剑乎"，让他很是不悦，问我道："既是来干谒求官，为何还这般狂傲？"

我一时语塞，竟无言以对，只得悻悻然走了。

随之，到了开元十八年（730年）春，孟浩然得知我干谒无果，便邀我再次前往江夏黄鹤楼相聚。在他的介绍下，我第二次见到荆州长史韩朝宗，他同样以乐于提携后辈闻名。这次机会，我不可错过，但有鉴于之前的教训，我决定还是收敛一下往日的张狂之气，并拍出了平生最大的一个马屁："生不用封万户侯，但愿一识韩荆州。"

可惜的是，这一次我又失算了。这个韩荆州恰恰是个不喜欢溜须拍马的人，在酒桌对饮之后，便把引荐我的事抛之脑后了，也算是热脸贴了冷屁股吧。

唯一给到我些许安慰的人，或许就是孟浩然了。他一再勉励我，让我不要太着急，还说大唐之大，总有我施展才华的地方。对此，我表示感谢。

也是那次，孟浩然再次东下淮扬漫游，看着他乘船远去的身影，我写了首诗为他送行：

故人西辞黄鹤楼，烟花三月下扬州。

孤帆远影碧空尽，唯见长江天际流。

西去长安

同年初夏，鉴于我在荆楚干谒无果，许家人开始坐不住了，再次动用家族关系，直接把我送到了长安，拜谒时任宰相张说——没办法，许家毕竟是当地的名门大户，好不容易招个上门女婿，连半点功名都没有，怎么着也说不过去。

张说作为文坛领袖，自苏颋去世后，他独自主持大唐文坛，不断为当今圣人选拔人才，若能得到他的引荐，飞黄腾达是迟早的事。但天公不作美，待我抵达长安的时候，张说已经身患重病，卧床不起，只得委派他的儿子张洎接待我。

按理说，张洎作为张说之子，又是圣人的女婿，完全有能力举荐我，可坏就坏在，与他善于举贤纳谏的父亲不同，此人气量极其狭窄，难以容人，明明已经见识了我的诗赋文章，且大夸奇才，可一听我不过是许宰相家的上门女婿，他瞬间就变脸了。

是的，即使在开放包容的大唐，"倒插门"也依旧是受人歧视的群体。

不看僧面看佛面，碍于许家的面子，张洎不好直接回绝我，便把我安排在圣人妹妹玉真公主的终南山别馆中寄住，还说有消息就通知我。结果我一等大半年，却始终杳无音信。

是的，我费尽心机，被人像马球一样推来推去，最后还是连圣人的面都没见着。

无所事事的我，只得与同样寄住在终南山的道士吴筠、元丹丘等人往来唱和，每日饮酒作诗以自娱，不曾想，这一举动竟引起了别馆主人的注意。

或许是巧合，玉真公主在无意中听到了馆中有人在大声诵读我的诗：

玉真之仙人，时往太华峰。

清晨鸣天鼓，飙欻腾双龙。

弄电不辍手，行云本无踪。

几时入少室，王母应相逢。

混迹市井

因为一首《玉真仙人词》，我得到了玉真公主本人的亲自接见，原以为我会就此直上青云，谁知在她召见我的第二天，得知消息的张洎，就派人悄悄把我请出了终南山。

是的，张洎这小子一直在派人暗中监视我，自己不愿举荐我也就算了，也不让别人举荐我，这是要把我往绝路上逼啊，此等心肠歹毒之人，想必日后也不会有什么好下场。

就这样，无处可去的我，也不好意思直接回安州，只得流落长安街头，与市井纨绔子弟为伍，混迹于酒肆赌场之中。正所谓"仕途失意，赌场得意"，每每酒醉之后，我都大喊大叫，期望能逆风翻盘，大赚一笔，为此没少跟人打架，好在我剑术还行，没吃什么亏。

但一直这么混下去也不是办法，面对安州不断寄来的书信，我还是决定再去找一次张说，希望能越过张洎，直接与他当面表明心迹。可还没等我去到张说的府上，便传来张说病逝的消息。张说一死，张泊就更不待见我了，仿佛完全不认识我这么个人。

那是开元十八年的冬天，长安城内大雪纷飞，一代名相张说的死，震动朝野，作为"开元盛世"的股肱元勋，圣人为之罢朝三日，追赠其为太师，并亲自在大明宫光顺门外为其举哀。送葬的队伍排成了长龙，车马仪仗，整齐肃穆，直奔洛阳陵墓而去。

大约是张说去世三年后，从岭南来的张九龄接替了他的位子。对此，张泊十分不满，竟与奸相李林甫勾结到一起，合谋将张九龄挤出了朝堂。

再后来，张泊与李林甫狼狈为奸十余年，祸害了不少当朝忠臣，更要命的是他们还一手提拔了杂胡安禄山。紧接着，安禄山起兵造反，张泊投降，不久便死于乱军之中。

可怜一代名相的儿子，竟落得这般不堪的结局，也不免令人唏嘘。

访元丹丘

张说一死，我在长安已无寄托，遂萌生退意。

恰巧也是在那时，我收到元丹丘从嵩山寄来的信，说上次终南山一别，甚是想念，特邀我前去与他相聚，坐而论道，饮酒赋诗，岂不美哉。

于是，开元二十年（732年）秋末，带着些许不甘，我毅然离开了长安，第一次入京之旅也就此宣告结束。之后的整个冬天，我都和元丹丘待在嵩山少室峰上修行。

《诗》云"嵩高惟岳，峻极于天"，嵩山作为五岳之一，地处天下之中，北瞰黄河，南临颍水，西与东都洛阳相连，自古佛道兴盛，高人隐者云集。得知我的到来，元丹丘也很给面子，竟把方圆十里的名流雅士都叫了过来，为我设席畅饮。

北冥有鱼，其名为鲲。鲲之大，不知其几千里也；化而为鸟，其名为鹏。鹏之背，不知其几千里也；怒而飞，其翼若垂天之云……

元丹丘平日酷爱庄子，宴席之上，见我有些闷闷不乐，他竟忽然起身，为众人唱起庄子的《逍遥游》，他的歌声嘹亮高亢，如神谕一般在大厅回荡。想起我在长安的冷遇，想起这些年四处干谒的无奈，或许也只有庄子能给我以解脱。

是啊，人世的功名利禄，终是过眼云烟，既然要做扶摇直上的大鹏，何必纠结于一些无关紧要的事情，伤心又伤肝，实在不值得——主人何为言少钱？劲须沽取对君酌。五花马，千金裘，呼儿将出换美酒，与尔同销万古愁！喝就完事了。

"太白啊，我方才唱得如何？"丹丘问。

"恍若天籁，令人神清气爽。"我说。

"那你是不是该写首诗谢谢我呀？"他笑道。

于是，《将进酒》如黄河之水奔腾而来。

桃花流水

开元二十一年（733 年）正月，嵩山冰雪消融时，我才恋恋不舍地与元丹丘辞别。

也是在那时，当今圣人颁行了他亲自作注的《道德经》，并令天下士庶之家皆藏一册，同时规定每年贡举加试《老子》策，进一步明确了道家的国教地位。

之后，我厚着脸皮返回了安州许家——没办法，他们让我去长安找张说，我也找了，现在张说去世，我干谒无人，入不了仕，也不能全怪我吧。

然并没我想的那么简单，得知我再次干谒无果，失望透顶的许员外毅然将我赶出了家门——没办法，花了那么多财力物力，我还是烂泥扶不上墙。

唯有许晴儿仍对我不离不弃，她不顾许员外断绝父女关系的要挟，毅然随我到安州城外的白兆山开田隐居。对此，我感动不已，后来我才知道，原来她那时已怀有身孕。

桃花流水窅然去，别有天地非人间。

白兆山和戴天山很像，山上也开满了桃花，我和许晴儿就在这桃林之中搭建石室，每日以耕田读书，饮酒舞剑，虽然辛苦，却也快乐，颇有几分陶渊明归园田居之感。

"嫁给我，你后悔吗？"我看着她一天天大起来的肚子，问道。

"不，选择你，是我做过最幸福的决定。"她说。

再后来，三十五岁的许晴儿，为我生下了一对龙凤胎，我给儿子取名伯禽，女儿取名平阳——"伯禽"与"平阳"都是古圣先贤，我想也只有这样的名字才能配得上我的孩子。

可怜的是许晴儿，高龄产子让她原本健康的身体，瞬间就垮了。

由此，为了让许晴儿得到更好的休养，同时也为给刚出生的孩子们更好的照顾，我不得不做出妥协，带着妻儿离开了白兆山，再次返回许家，请求许员外收留。

扫地出门

看在许晴儿和外孙的份上，许员外最终不计前嫌，放我进了家门。而我也答应他从今往后都不再出去鬼混，并许诺三年内必定谋个一官半职，绝不给他们许家丢脸。

时光匆匆流走，伴随两个孩子渐渐长大，我原以为日子就这么过了——读书、练剑、写诗、干谒、入仕，生活平淡而充实，只要按既定的目标前进，终有铁杵成针的一日。然天公不作美，许晴儿垮掉的身体还是没有熬过三年的期限。

开元二十四年（736年）秋，许晴儿因为一场风寒，病情加重，不久便去世了。在她死后，许家对我的态度一百八十度大转弯，不仅逼着我净身出户，还想剥夺我对两个孩子的抚养权，从此都不许我踏进许家的门槛——在他们看来许晴儿的死，我要负全部责任。

自古忠孝不能两全，爱情与事业又何尝不是？

为了兑现我和许员外三年之约的承诺，在过去的三年里，我往来于安州与洛阳之间，几乎很少回家照看妻儿，不为别的，就为能见上圣人一面——那时候，因为长安发生了严重的洪涝灾害，圣人主要在洛阳办公，这样也好，方便我找他。

但很可惜，我找他，他不找我啊——即使近在眼前，我也依旧无法得见圣人的龙颜。在这期间，我先后写作《明堂赋》与《大猎赋》来歌颂圣人的文治武功，以及当今之盛世远超秦汉的气概，却始终没有机会把它们呈献到圣人的御前。

直到开元二十三年（735年）的到来。

那一年，大唐名将张守珪在北方大破契丹，亲自率队来洛阳向圣人报捷，圣人闻之大喜，不仅在应天门城楼上为其举行了隆重的封赏大典，同时还下诏凡有才学者均可前往参与，作诗献赋，以彰我大唐天威——是的，我知道我的机会来了。

杂胡禄山

　　但很可惜，这次难得的面圣机会，竟让安禄山给我搅和了。他作为张守珪的义子，此次也随队来到洛阳，还因功授封平卢兵马使，正式步入大唐武将序列。

　　虽然那时，我并不认识安禄山，但当他骑着高头大马从我身旁经过时，我还是一眼便注意到了他，毕竟他的模样实在太过异于常人，是那种我幼时在西域常见的胡人长相，肥头大耳，满脸络腮胡子，一双浑浊的蓝眼睛，偶然间对视，让人有些不明所以。

　　"你在看什么？"他骑着马，停驻在我身旁，问道。

　　"我在看洛阳。"我说。

　　"洛阳不就在你跟前吗？"他笑道。

　　"此洛阳非彼洛阳，我心中的洛阳有锦绣文章，繁华不可估量。"我说。

　　"莫名其妙。"说完，他便挥鞭策马进了城。

与此同时，鉴于我的"莫名其妙"让他很是恼火，他随即命令手下军士将我挡在了城外，正如他所说："既然这不是你心中的洛阳，那便在城外好好待着，别进去了。"

你说这让我找谁说理？这个杂胡从开始就跟我过不去。

由此，站在城外的我，只能眼巴巴看着安禄山，看着他如何大摇大摆上了城楼，如何在圣人和群臣面前，恬不知耻地吹嘘自己勇猛无匹，杀得契丹仓皇逃窜，鬼哭狼嚎。

只听见他嗓门洪亮，语态恭顺，逗得圣人哈哈大笑，群臣也跟着一起笑，那笑声从城楼上一路飘到我的耳朵里，我只感到阵阵恶心在胸口回荡，久久不能散去。

北上东鲁

因为安禄山的搅和，我再次与圣人失之交臂。同时，也因此未能兑现曾向许员外许下的诺言，最终自食恶果，在许晴儿病逝的第二天，我就被许员外赶出了家门。

与我一起离开的，还有平阳和伯禽，本来许家是不同意的，奈何我有长剑在手，自是无人敢挡。之后我带着两个孩子，精神恍惚，茫然流落于街头，好似丧家之犬。

那么，我还能去哪里？回绵州与父亲团聚？不，功名未成，仕途未就，还远没有到回归故里的时候，想来想去，我最终决定去找元丹丘帮忙，毕竟他认识的人多。

由此，在元丹丘的建议下，我带着俩孩子一起去了东鲁，不久便与刘娥成了亲，开始了新的生活。之所以选择东鲁，除了刘娥外，主要还是考虑我有不少族叔兄弟在东鲁做官或经商，虽谈不上什么高官巨贾，但相互之间，多少还是能照应一下。

更重要的是，我终于有机会拜会师伯了。说来也巧，剑圣裴旻晚年退休之后，就一直定居在故乡兖州，那里离刘娥的家不远，使得我有机会时常登门请教。

至于裴旻，在看了赵蕤的推荐信还有我手中的易水剑后，终于相信我是赵蕤的徒弟，对我关怀备至，不仅将自己"十步杀一人，千里不留行"的独门剑法悉心传授于我，还以他在北方与契丹对战多年的经验，与我大谈当前北方边境的战略局势。

裴旻表示，契丹起初不过是北方寒林中一些松散的部落联盟，本不足为虑，奈何张守珪与安禄山等边境将领，为能持续不断地获得朝廷的军功封赏，养寇自重，让北方始终战事不息，不得安宁，将来必成我大唐之巨患。对此，我深以为然。

四明狂客

大约两年后，即开元二十六年（738年）春，元丹丘从长安来信，邀我再去一次长安，说要带我认识一个人，而此人将直接关系到我未来的仕途与命运。

此话一出，我自是不远千里，欣然赴约了。

我们见面的地方，在长安闹市的一家酒楼中，名曰"花间楼"，开店的老板叫焦遂，以嗜酒善谈闻名，后来与我及另外六人被合称为"饮中八仙"。

元丹丘要带我见的人，也是"饮中八仙"之一，当今圣人身边的红人——贺知章。

初见贺知章时，他已年近八旬，虽须发皆白，却满面红光，看不出半点衰老。说起他，也堪称传奇，他是有唐以来越州的第一个状元，以老家四明山为号，自称"四明狂客"，又与张若虚、张旭、包融齐名，并称"吴中四士"。

在仕途上，贺知章同样值得称道，从则天皇后至今，他历仕四朝，因办事稳妥，博学多闻，深得圣人的喜爱，官至太子宾客、银青光禄大夫兼正授秘书监——所谓"秘书监"就相当于国家图书馆馆长，与宰相平级，所以人们也叫他"贺监"。

"听丹丘说，太白也爱饮酒？"这是贺知章对我说的第一句话。

"会须一饮三百杯。"我说。

"如此甚好。"他欣慰一笑，摸着自己脸上的长须，点了点头。

于是，我们一边喝酒，一边谈天说地，一直聊到深夜，在看过我的《蜀道难》后，他更是喋喋称赞，夸我举止潇洒不羁，下笔更是气象万千。

"真乃太白金星下凡，谪仙人也。"他感叹道。

"此话怎讲？"元丹丘笑了笑，问道。

"若非谪仙人，凡间哪有这样的生花妙笔？"他说。

这不巧了吗？我母亲生我时正好梦见过太白金星。

三王枉死

　　之后，在贺知章和元丹丘的安排下，我得以再次前往终南山与玉真公主相见。

　　第二次见面，公主首先对我上次的不辞而别表示埋怨，说我好生无礼。我只得向她解释缘由，说我也是迫不得已，当初是张泊暗中派人赶我出山，令我不得与她相见。她这才原谅了我，同时也表示对张泊好感全无。

　　这次的终南山之会，除了我、玉真公主、贺知章、元丹丘外，吴筠、崔宗之、张旭等人也在场，一番诗酒唱和之后，众人纷纷敞开了心扉，吐露出心中所向——有人说，愿作闲云野鹤，潜心修道即可；有人说，愿学魏晋风流，隐于山林，诗酒为伴。

　　唯独我，与洒脱的众人不同，我心中仍放不下庙堂，仍想能为大唐盛世出一份力。于是，借着酒劲，我再次提起入仕之事——不曾想，这竟让公主感到为难了。

　　经过贺知章提醒，我才明白公主为难的原因——自从去年，圣人连杀三子之后，皇室干政再次成为禁忌——是的，你没听错，圣人一连杀了自己的三个亲生儿子。

去年，即开元二十五年（737年），深受圣人宠幸的武惠妃，为了扶持自己的儿子寿王李瑁为太子，伙同奸相李林甫等人，诬告太子李瑛、鄂王李瑶、光王李琚三人谋反，结果圣人一怒之下，竟将这三个儿子一同处死——虎毒还不食子，圣人的这一行为让人无法理解，朝野闻之震动，百官贵戚，无不噤若寒蝉，生恐波及自己。

所以，鉴于朝堂如今的局面，公主若此时贸然引荐我，不仅于我的仕途毫无增益，甚至连她自身也会遭来"干政"的非议，万一激怒圣人，后果不堪设想。

"那现在我该怎么办？"我问。

"为今之计，还是先回家耐心等候。"公主挥了挥手上的拂尘，说道。

"就这么回去了？"我问。

"只能如此，待时机成熟，我再为你引荐。"她说。

巨星陨落

我本楚狂人，凤歌笑孔丘。

辞别长安之后，我又回东鲁待了几年。作为孔孟圣人之乡，从"稷下学宫"开始，这里便聚集着众多文人儒士，引领一时学术风潮。然今时不同往日，如今的齐鲁儒生们，虽满口忠孝仁义，君臣父子，却毫无现世的建术，堪称思想的巨人，行动的侏儒。

有一个人例外，他就是裴旻。作为大唐"剑圣"，他身出名门河东裴氏，从小文武兼备，朝中很多文人都曾写诗颂扬过他的剑法与人品。他很早就在边关带兵打仗，镇守河北时，使契丹不敢犯北境，功成身退之后，又毅然回故乡东鲁归隐，气度与风骨堪称当代谢安。

只可惜天妒英才，开元二十八年（740年），已过古稀之年的裴旻，某天夜里因醉酒落马，不幸病亡。他前半生在马上征战，如今死于马上，也算死得其所了。

后世的人，将裴旻的剑法、张旭的草书和我的诗歌，并称为"大唐三绝"，而在裴旻去世后，我成了裴旻剑法的唯一传承人，也就是说我一人独占了两绝。

同一年去世的，还有孟浩然，他的死也与饮酒有关。

自从当日黄鹤楼一别，我和孟浩然就再也没见面，后来听说他去长安参加了一次科考，不幸落榜后，就一直隐居在老家襄阳鹿门山，诗酒田园，耕读为乐，简直羡煞旁人。

然孟襄阳又岂是一个自甘寂寞的人。作为盛唐诗坛表率，他依旧交友不断，每次有朋友来访，他都热情招待。直到那天，王昌龄从南方归来，路过襄阳，两人相谈甚欢。

好友相聚，饮酒赋诗本是快意之事，坏就坏在老孟实在太过热情，不顾自己的背疮与大夫的劝阻，非要亲自去汉水边打捞河鲜，给王昌龄下酒，而正是这顿河鲜，激化了老孟的背疮，使他本将痊愈的疮口再次破裂，从此一病不起，不久便郁郁而终。

也因此事，王昌龄大受打击，后来每回路过襄阳，他都会放声大哭，不能自已。

太真还俗

天宝元年（742年），随着朝中局势的缓和，在东鲁忍受了刘娥四年白眼之后，我终于收到了贺知章等人的来信，带着圣人亲下的诏书，再次前往长安。

也是在那一年，我第一次见到那个叫杨玉环的女人。

我和她几乎是同时进入宫中，那时她还没有被圣人正式册封为贵妃，只是刚从道观中还俗不久的太真道士。作为蜀地的老乡，她一颦一笑，都散发着蜀人独有的天真与烂漫，难怪圣人甘愿冒天下之大不韪，也要把她从自己的儿子手中抢过来，据为己有。

为了庆祝太真还俗入宫，圣人在华清池大摆宴席，王公贵戚、番邦使臣，悉数到场。宴会自然要歌舞助兴，于是经我填词，由宫廷首席乐师李龟年亲自演唱的《清平调》随之而来，这本是我众多诗作中的庸常之作，却因这次宴会被人反复提起，实在惭愧。

紧接着，太真入宫还不满两年，圣人就急不可耐要册封她为贵妃，这立刻遭到贺知章等朝中老臣的强烈反对，认为天子以仁孝治国，此等有违伦常之事，断不可行，既败坏大唐纲纪礼法，又损伤天子威仪，恐将耻笑于天下，于江山社稷不利。

　　对此，圣人不以为然，他只觉得这帮老臣年迈迂腐，小题大做，并未予以理睬。更何况他前半生励精图治，为大唐缔造近三十年太平盛世，如今国泰民安，万邦来朝，百姓无不对其称颂有加，现在自己稍微享受一下，也不算过分。

　　几番劝谏无果后，自知无力回天的贺知章，便很识趣地辞官还乡了，毕竟他也八十多了，没几年活头了，趁着入土前，回乡安度晚年，也合情合理。

　　对此，圣人也很给面子，有感于他多年来在朝中的贡献，不仅同意了他的请辞，还把他家乡的镜湖＊赏赐给了他，为他在湖畔修建别墅，供其颐养天年。在他离开长安那天，圣人更是亲自写诗相赠，并命太子率百官为其饯行，堪称人臣典范了。

＊　今绍兴鉴湖。

炼丹长生

直至天宝四载（745年），圣人才终于排除万难，如愿将杨玉环册封为贵妃。

由于武惠妃死后，圣人不再册立皇后，杨玉环便成了实际意义上的皇后，圣人对她的娇宠日甚一日，她的两个姊妹都被招到长安，获封国夫人，连她的族兄杨国忠也鸡犬升天，一路升迁，后来竟取代了李林甫，成了大唐的宰相，杨家的权势可谓滔天了。

也是那一年，我被刘娥赶出家门后，带着两个孩子投靠了泰山紫薇观的高天师，并与他的义女高阳完婚，开始了辟谷隐居、修道炼丹的全新生活。

是的，你没听错，隐居泰山之后，我迷上炼丹术。

其实我最早接触炼丹术，还是在戴天山跟随赵蕤学徒的时候。那时只觉得他在故弄玄虚，兴趣并不大，不曾想多年后，自己竟也沉迷其中，不能自拔。

相传这炼丹之术，从先秦时就有了，最有名的当属秦始皇。当年他扫灭六国之后，为了让自己的统治永世长存，派人四处寻找长生不老药，甚至还为此委命方士徐福率领船队，携三千童男童女，东渡蓬莱。船队去向至今成谜，而这个"长生不老药"即是丹药的一种。

　　经历代道人的不断钻研与改进，到大唐年间，"炼丹术"已然成为一门显学，不少精通"炼丹术"的道人都被招入皇宫，比如我的好友司马承祯、元丹丘、吴筠都是这方面的高手。我既已得了道箓，自当潜心钻研此道，也不失为进入朝堂的另一条门路。

　　正当我炼丹炼得起劲的时候，一个人的到来却给我泼了一盆冷水，他就是杜甫——那是自天宝三载的河北之游分别后，我们的第二次见面，也是最后一次。

　　这次见他，他比上次更加消瘦了。他说要去长安应考，还劝我不要炼丹走火入魔，当年秦始皇和我朝太宗皇帝，都是丹药吃多了，匆匆驾崩的。

　　对此，我只觉得他年轻无知，还不懂得寻仙修道的真正乐趣。

东山再起

　　不知不觉，数载光阴飞逝，我的仙丹还没有炼出来，高阳和幼子却都匆匆离我而去。为不辜负高阳临终前的期望，我只得中止了炼丹计划，再次离开东鲁，外出谋取仕途。

　　再后来，我便在宋州梁园遇见了宗琰，她是我喜欢的类型——肤白，貌美，年轻，且与许晴儿一样都是名门，从小知书达礼，琴棋书画，无所不精。

　　宗家是宋州大族，宗琰的祖父宗楚客不仅做过宰相，还是则天皇后的外甥，他们家族的关系网有多大，可想而知。尽管后来唐隆政变，宗楚客站错队，依附于韦后一党，致使宗氏一门就此败落，但毕竟祖上曾经阔过，在朝中依旧有不少的旧交与相识。

　　比如宗琰，作为宗家的掌上明珠，与朝中权贵亦多有往来，比如李林甫的女儿腾空道姑就与她私交甚密，两人曾相约一起去庐山修道，是难得的闺中姐妹花。后来安禄山造反，北方战乱，正是在腾空道姑的帮助下，我才得以带着宗琰南逃至庐山隐居避难。

相比刘娥，宗琰待我要宽松得多，她既不催促我求取功名，也不嫌弃我喝酒贪杯，如果我要做谢安，那她便让我做谢安，经常跟我一起游山玩水，寻仙访道，好不快活。

我们执子之手，我们举案齐眉，街坊邻里见了，羡慕不已，纷纷夸赞我们好一对神仙眷侣，而我也因有了宗琰的照料，老树发新芽，重获新生。

就这样，时间恍惚到了天宝十载（751年），应好友吴筠道长的邀请，我带着宗琰前往扬州明月楼，共赴千秋佳会，月色当空，我们自是大醉一场。期间，吴筠还多次邀我与他一起去天台山修道归隐，当得知我还想着入朝为官，他拼命摇头，说如今朝中暗流涌动，内有奸人掌权，外有边将做大，长此以往，必出祸乱，劝我别去蹚这趟浑水。

对此，我不以为然，并表示果真如他所言，我更应挺身而出，为圣人扫除奸佞，匡扶朝纲。吴筠无奈，只得叹气，不久便与我们辞行，独往天台山去了。

阿倍仲满

天宝十载的扬州，繁华依旧，我和宗琰在此一待便是数年。

之后，我带着宗琰再次游历了金陵、姑苏、钱塘等吴中故地，并亲往镜湖为老友贺知章扫墓——大约在辞官回乡的半年后，"四明狂客"于睡梦中安然离世，他生逢盛世，位极人臣，活了八十多岁，诗酒快意了一辈子，临走落得清净自在，也算不枉此生。

在贺知章之后，接任秘书监的人叫晁衡，日本名叫阿倍仲麻吕，也称阿倍仲满。他是在大唐出任高官的诸多外国友人之一，不满二十岁就随遣唐使来到大唐，因仰慕大唐之风，决心留在大唐生活，并在圣人的特许下，进入国子监与皇家贵族子弟一起研习汉文经典，最后还凭着聪明才智，顺利通过了科考，入朝做官。

果然，还是外来的和尚好念经，晁衡比我运气好太多，着实让人嫉妒。

但嫉妒归嫉妒，我和晁衡其实很早就认识，并且还成了不错的朋友。具体怎么认识的，我也记不清了，可能是在贺知章家的酒宴上，抑或是在长安的坊市里，总之，在几番宴饮酬唱之后，我们深感脾气对头，互相引为知己。

天宝十二载（753年）的夏天，晁衡也从长安来到了扬州。我得知后欣喜不已，便径直前往他的住处扬州延光寺与他相见——据说他此次是奉了圣人的诏命，跟随遣唐使船队回访他的母国日本，作为一个日本人，此时他已在大唐生活了三十余年。

期间，晁衡也曾以双亲年迈为由，请求归国，但终因圣人挽留而未能如愿。直到天宝十一载（752年）的年末，他的同乡藤原清河、吉备真备等人再次来访大唐，故人久别重逢，他的思乡之情再起，于是再次上书，请求与遣唐使一同归国，圣人这才勉强应允。

而此时的晁衡，也早已从当初那个求知若渴的少年，变成一个年过半百的老者了。

鉴真东渡

日本晁卿辞帝都，征帆一片绕蓬壶。

刚一见面，就得知晁衡要回国的消息，多少让我有些意外。

晁衡告诉我，他此番来扬州，一则是为出海归国的航程做准备，二则是为了请一个和尚，那和尚不是别人，正是延光寺的鉴真大师。大师年少出家，为僧四十余载，深通佛家律藏，经他剃度受戒者，前后多达四万余人，深得淮扬一带信众的爱戴。

据说，从天宝元年起，便有来唐的日本僧侣邀请鉴真东渡传法，帮助日本完善佛家戒律，对此，鉴真不顾弟子门人的劝阻，毅然答应，怎奈大海茫茫，风高浪阻，他历时六年，尝试了五次都没有成功。期间，他的船队还曾多次遭遇风暴和劫匪，他的大弟子也于途中坐化，就连他本人也因水土不服染病，导致双目失明，险些命丧大海。

所有人都觉得历经数次海难之后，鉴真肯定不愿再冒险渡海了，但晃衡还是决定去试一试。与他一同前去的还有遣唐使藤原清河、副使吉备真备等人，他们带着全体日本信众的诚意，顶着烈日，在延光寺的门外等了三天三夜，大师这才同意与他们相见。

"我什么都看不见了，你们找我又有何用？"鉴真问。

"您的眼睛虽然看不见了，但您的心中却装满了大千世界，芸芸众生。"晃衡恭敬对答。

"我谨代表日本天皇，请您此次务必与我们一同前往日本，相信您的智慧，必将指引我们找到更光明的未来。"藤原清河也虔诚跪拜于地，说道。

"善哉善哉。"鉴真双目微闭，双手合十，这一刻他等得太久了。

是的，老天终究不忍辜负鉴真。

当年的十月，趁着秋高气爽，西风正盛，鉴真搭乘遣唐使的船队再次出海，初冬时便顺利抵达了日本本土，并在遣唐副使吉备真备的陪同下，得到了日本天皇的隆重接见与礼遇，历经十二年磨难，他总算是实现了自己渡海传法的夙愿。

族叔阳冰

不走运的是晁衡与藤原清河，他们所乘船只因为触礁，不能继续航行，与其他船只失去联络，后又遭遇风暴，直接把他们连人带船吹到了交趾*。

在交趾，他们又遭遇当地土著的劫杀，除了他们自己外，其余船员全部遇害。二人死里逃生后，历经艰险，最终于天宝十四载（755年）的六月，重新返回了长安。他们眼见归国无望，便索性继续留在大唐，到死都没有再回过日本。

也是在那一年，我和宗琰从扬州出游返还，前往宣州**当涂县拜会族叔李阳冰。

李阳冰很早就随家人离开了蜀中，虽年纪跟我差不多大，但按照家族辈分，我还是得管他叫声"叔叔"。他自幼好学，善工篆书，走的是传统读书人的路子，学而优则仕，尽管只

★　今越南北部。
★★　今安徽宣城一带。

是个当涂县令，但也颇有政绩，深得当地百姓的称赞。

　　见我已有家室，李阳冰很高兴，他希望我能早日安定下来，如此，我的父亲泉下有知，也会感到欣慰——是的，此时我的父亲已在绵州去世，与他同年去世的还有赵蕤，他们都死在了天宝元年，也就是我奉诏入长安的那一年。

　　告知我父亲去世消息的人，正是李阳冰——由于这些年我四处漂泊，居无定所，我与父亲已许久不曾通信了，他只能托李阳冰等在蜀外的宗族兄弟，代为打听我的情况，得知我仍在为干谒入仕奔波，他倍感惆怅，却也无可奈何。

　　据说父亲临终前最大的心愿，是希望我能回绵州看看，怎奈最后还是抱憾而终——对此，我万分惭愧，自二十四岁出蜀，我就再未踏足那片土地，但那里的一草一木都深深长在我的心里，从来不敢忘怀。我想，待我扶摇直上之日，便是我返回故乡之时。

　　"以后你们就住在我这里吧，都是一家人，也好有个照应。"李阳冰说道。

泾县汪伦

正是在当涂，我意外收到了一封从泾县寄来的信。

寄信人叫汪伦，自称是大唐开国功臣越国公汪华的后代，泾县当地的大户，因久慕我的诗名，听闻我来宣州，他十分兴奋，知道我喜爱桃花与美酒，便在信上吹牛说，泾县桃花村有十里桃林与万家酒楼，特邀我与夫人前去相聚，玉盘珍馐，金樽清酒管够。

泾县离当涂不远，一听有酒有肉，我自是按捺不住，第二天就带着宗琰，乘船沿水路直奔泾县去了。结果一到地方，看着眼前冷清的小村庄，我的心瞬间就凉了半截。

"十里桃林在何处？"我强压心头的怒火，问道。

"先生乘船所经过的潭水，名唤桃花潭，方圆十里，故称'十里桃林'。"汪伦答。

"那万家酒楼又何在？"我接着问。

"村口有一酒馆，开店的老板姓万，故称'万家酒楼'。"

汪伦一脸憨笑。

是的，我李白聪明一世，居然被汪伦给骗了！但当我为此懊恼不已，准备带着宗琰反身离开时，站在汪伦身旁的小孩却突然大哭起来，他一边哭，还一边背我的诗：

> 君不见，黄河之水天上来，奔流到海不复回。
>
> 君不见，高堂明镜悲白发，朝如青丝暮成雪。
>
> 人生得意须尽欢，莫使金樽空对月。
>
> 天生我材必有用，千金散尽还复来。
>
> ……

"请太白先生留下吧，我家小儿平日最爱诵读先生的诗，今天是他的八岁生辰，他最大的心愿便是能和您一起读诗，为帮他完成心愿，我才出此下策。"汪伦哀求道。

"行吧，我这可都是为了孩子。"我抹了抹孩子的眼泪，说道。

"感谢先生理解，今日就请您开怀畅饮！"汪伦连连作揖，邀我入席。

桃花潭水

桃花潭水深千尺，不及汪伦送我情。

我和宗琰在桃花村待了三天，汪伦也陪我喝了三天。三天里，宗琰每日与汪夫人一起教孩子读书习字，孩子甚至亲切地称呼她为干娘，我们仿佛成了一家人。

临近分别，我和汪伦又大醉一场——我一生与无数人喝过酒，其中不乏帝王将相，相比而言，汪伦实在太过普通，但与他喝酒，我却感到无比安心。

这里没有官场倾轧的尔虞我诈，没有世道人心的诸多变化，有的只是鸡鸣相闻，炊烟袅袅，有的只是一个人对另一个人的关心与劝慰，而汪伦就是那个关心我的人。世人都说我是诗仙，清高孤傲，不畏权贵，却看不出我内心深处的孤独与痛苦，但汪伦不一样。

汪伦一再劝慰我，说我不应再去朝中求官，那些王公大臣们终日尸位素餐，把朝堂搞得乌烟瘴气，论人品与胸怀比我差远了，我应寄情于山水之间，安心写诗才是。

"汪兄所言，正是太白心中所想，怎奈世道不平，我实在无心归隐。"我说。

听完我的话，汪伦无可奈何，他像当初的吴筠一样叹气，然后以酒相送。

我记得是在一个寻常的傍晚，汪伦酒醉未醒，我不忍扰醒他，在悄悄向汪夫人辞行后，就带着宗琰去了桃花潭渡口。傍晚的斜阳，照耀着水面，岸边仅几棵桃树，风一吹，花瓣随风飞舞，我们的船只也即将驶离这小小的村庄。

但就在这时，我忽然听到岸上传来的歌声，是汪伦和他的家人，在为我们唱歌送行，只见他们双脚踏着大地，节奏欢快而有力，那歌声听起来让人心旷神怡。

"太白先生，记得以后要常回来做客啊。"汪伦喊道。

"干爹干娘，我会想你们的。"汪伦的孩子也在喊。

那场面让我动容不已，相识不过几日，他们就待我们如此热情，我们实在受之有愧。

"他们那是喜欢你的诗，你应该为他们写诗。"宗琰对我说道。

"好。"对此，我欣然点头。

避难庐山

大概在我们从泾县返回当涂半年之后，北方的杂胡安禄山就造反了。

那是天宝十四载的冬天，安禄山与史思明以讨伐奸相杨国忠的名义，从范阳领十五万精兵南下。承平日久的中原部队因战备松弛，根本无力阻挡，致使叛军一路烧杀劫掠，很快便攻陷了东都洛阳——天宝十五载正月，安禄山于洛阳称帝，伪燕政权建立。

不久，宗琰的老家宋州也被叛军围困，致使我们有家不能回。最终，我们在李阳冰的建议下，前往庐山投靠宗琰的好友腾空道姑。至于李阳冰自己则决定去往前线参与平叛，他还表示只要有合适的机会，也会引荐我再次出山，与他共同扫除奸佞，匡扶大唐。

日照香炉生紫烟，遥看瀑布挂前川。

飞流直下三千尺，疑是银河落九天。

庐山有天然的屏障，山高水长，完全隔绝了外界的战火纷飞，我们在这里很安全。但我一刻都不曾忘记为大唐平叛，每天都在等待着李阳冰的消息，每天都在挥舞着赵蕤送我的易水剑，只希望有朝一日能够上阵杀敌，报效国家，安定黎民。

然而，或许是因为前线的战事过于激烈，李阳冰在战乱中与我暂时失去了联系。最终来庐山请我下山的人，是离此更近的永王李璘，也就是圣人的第十六个儿子。

天宝十五载（756年）六月，潼关失守，长安告急，李璘随圣人仓皇出逃蜀地。七月，他的皇兄李亨在灵武登基，是为肃宗，改元为"至德"，并遥尊圣人为太上皇。

几乎与此同时，李璘被圣人任命为山南东路、岭南、黔中、江南西路四镇节度使，江陵郡大都督，出镇江陵，掌控着南方的大部分兵马及租赋，实力不可小觑。

永王李璘

三川北虏乱如麻，四海南奔似永嘉。

杂胡安禄山的叛乱，把北方搅得乱七八糟，成千上万的人自北向南奔逃亡命，此情此景，恍若东晋时的永嘉之乱。永王在此时请我出山参与平叛，自是让我感动不已，而我上次这么感动，还是天宝元年圣人一纸诏书宣我进长安的时候。

如今，一晃十五年过去了，本以为我再也无缘实现年少时辅国安民、位列卿相的志向了，谁知年近六旬，居然又让我遇见了永王。既然他有三顾茅庐的诚意，那我就做一回诸葛亮，当一回谢安石，为他披荆斩棘，为他弹剑而歌，为大唐荡平奸佞。

但希望越大，失望越大。等我真进了永王幕府才明白，他并无出兵平叛的打算，把我招进来不过是想充当一下门面，他的真正意图是要领军东下，直取江淮之地。

正如永王手下的谋士所说，如今天下大乱，唯有南方尚未遭战火破坏，永王手握四镇重兵，疆土千里，完全可以东下占领金陵，以富庶的江淮为根据地，积蓄力量，并与北方的肃宗遥相呼应，二人一南一北，对叛军形成夹击之势，必可一举光复大唐。

按理说，这个计划其实是有一定可行性，但是他们都忽略了一个人。

此人就是肃宗，俗话说一山还不容二虎，更何况是一国之君——从太宗皇帝的玄武门之变，到昔日圣人连杀三子，帝王家的骨肉亲情历来残酷，肃宗也不例外。

至德二载（757年）正月，安禄山被他的儿子安庆绪杀害，叛军陷入内乱。

同年八月，唐军在郭子仪等人的领导下，发动反攻，相继收复长安与洛阳。之后，安庆绪败走邺城，史思明上表请降，大唐在表面上暂时恢复了和平。此时，肃宗放眼天下，除了困守邺城的安庆绪，屯兵江陵的永王似乎已成为他皇权路上最大的威胁。

十二月，肃宗以永王不听调令，意图谋反为由，命高适领大军伐之。

浔阳入狱

可想而知，永王临时招募的散兵游勇根本无法与朝廷的正规军抗衡，很快就被高适剿灭。之后，高适因讨伐永王有功，从淮南节度使一路高升，晋爵渤海县侯。

相比于十几年前，我们结伴同游时，他可谓今非昔比了——那时候，我们都郁郁不得志，都渴望建功立业，驰骋疆场，而真正做到的人，似乎只有他一个。

而我就惨了，因参与永王幕府，被朝廷认定为附逆叛党，直接被关进了浔阳*大狱，次年秋后就将问斩。期间，我也曾托人给高适带过信，希望他能念在昔日情分上拉我一把，怎奈信件石沉大海，高适只字未回，人情冷暖，可见一斑。

在浔阳大狱中，我被关了数月，唯有宗琰与腾空道姑来探望过我。想当初，我去永王幕府，她们就曾极力劝阻，还说永王与肃宗争位，投他无异于自寻死路，我不以为然。如

<hr />

★　今九江一带。

今她们的话应验了，看着二人，我无地自容，羞愧难当。

为何连她们都明白的道理，我却不明白——上天啊，你是存心捉弄我李白吗？为何总是一再给我希望，又一再让希望变成绝望。

"夫子，你这些日子受苦了。"宗琰哭道。

"李白愧对夫人啊。"我亦泪流满面。

"先生莫慌，待我去长安多加活动，相信定能为先生洗刷冤屈。"道姑宽慰我道。

"那便有劳腾空子，李白为人鲁莽，之前说了一些不中听的话，愿腾空子不要介怀。"我连连鞠躬道谢——道姑的话，让我愧疚不已，此前我曾多次因为她是李林甫的女儿，而对她冷言嘲讽，没想到她竟不计前嫌，愿意搭救于我。

"先生不必多礼，都是过去的事了。若能为大唐保住绝世诗才，将是腾空此生最大的荣幸。"道姑连忙将我扶起，说道。

流放夜郎

直到乾元元年（758 年），事情才迎来转机。

那年五月，宰相张镐向肃宗谏言，说史思明包藏祸心，难以仁德感化，迟早会再反，应尽快斩草除根。此言一出，随即触怒肃宗，张镐也因之被罢黜相位。毕竟在肃宗看来，北方叛乱即将平定，他也即将成为再造大唐的中兴之君，张镐此时谏言，是在挑拨他和史思明的君臣关系，是想把事情搞大，破坏好不容易得来的大好局面，实乃不合时宜。

张镐和腾空道姑的父亲李林甫是旧识，也是她抵达长安后第一个拜访的人。

好巧不巧，在被罢相的同时，张镐被改任为荆州大都督府长史，接替永王李璘，统筹江陵的军政事务，而我附逆永王谋反的案子，也因此落到了他的手上。

"腾空道姑跟我说起过你。"张镐说道。

"她还好吗？"我问。

"她已经回庐山，与你夫人宗氏在一起，目前一切安好。"

"那就好。"

"李白啊，我真是羡慕你，有那么多人喜欢你，不远千里也要救你。"张镐笑道。

不久之后，在张镐的运作下，我因谋反动机与证据不足，得到宽大处理，豁免死罪，改判长流夜郎 *，也就是汉时的夜郎国，古人云"夜郎自大"，想来也算对我最大的讽刺。

同年八月，前线的平叛之战似乎进入最后阶段，肃宗命郭子仪、李光弼等九镇节度使，集结二十万大军，前往邺城围剿安庆绪，准备就此一鼓作气，彻底扫清寰宇。

面对唐军的大兵压境，安庆绪始终坚守不出，双方陷入僵持阶段，长达半年之久。

★ 今贵州一带。

重返巴蜀

也是那年秋天，我自浔阳出发，准备溯长江而上，取道巴蜀，奔赴夜郎。

临行前，宗琰与腾空道姑从庐山赶来为我送行。但见宗琰身体消瘦，双眼通红，料想她昨夜定是又哭了一宿，可怜她不满四十，便平添了许多白发，这一切都是我的过错。

"夫人，是我害苦了你啊。"我抱着宗琰，痛哭道。

"只恨不能随夫子同去夜郎。"宗琰说道。

是的，因有朝廷的旨意，家属不许陪同，我只得独自随差役上路。

看着泪流满面的宗琰，我于心不忍，自知夜郎乃烟瘴之地，此去路途遥远，我恐将有去无回，遂转身向腾空道姑言道："我走后，烦请腾空子替我好生照顾夫人。"

"圣命难违，先生且暂去夜郎，我再往长安为先生周旋。"道姑点点头，说道。

就这么着，生人作死别，我正式开启了前往夜郎的旅途。

我们的船走得很慢，过了江夏，又过江陵，直至入冬时节才抵达三峡地界。

或许是冥冥中的命运使然，当初，我正是沿着此路出蜀，漫游天下，如今也是沿着此路，我又重新回到了蜀地。纵两岸青山依旧，我却已是戴罪之身，想起宋之问有诗云："近乡情更怯，不敢问来人。"此刻的我，算是深有体会。

回望那时，我才二十四岁，仗剑去国，自以为能凭借一身才学，跻身庙堂，位列卿相，辅国安民，名垂青史。谁知如今年近六旬，不但一事无成，还背上了附逆谋反的罪名，漫长的人生活成了别人眼中的笑话——倘若父亲和师父在天有灵，应该会为我感到失望吧。

风萧萧兮易水寒，壮士一去兮不复还。

故地重游，睹物思人，我不禁悲从中来，再次立于船头，挥舞起赵蕤送我的那把易水剑，既舞向那寒冬的江风，也舞向那虚无的命运。

大赦天下

说到命运，命运在三峡又跟我拐了个大弯，更准确地说是在白帝城。

抵达白帝城后，受连绵的阴雨影响，我不幸染上风寒。我们的船只也因雨水侵袭，无法继续通行，只得就地停留。不曾想，这一留就留到了第二年的春天。

那是乾元二年（759年）的三月，因关中发生大旱，加之连年征战，使得百姓的生活苦不堪言，肃宗觉得这是上天降罪。为了安抚上天与百姓，他宣布大赦天下，凡有罪者，死者从流，流者赦免——也就是说，我不用去夜郎了。

起初听到这个消息时，我有点不敢相信——原以为我就将老死于夜郎，再也无法返回中原，谁曾想，我刚做好了必死的准备，走到半路上，突然又跟我说不用去了。

是的，上天又一次捉弄了我。

那还等什么？也别愁别哭了，赶紧收拾行李，回庐山与宗琰团聚吧，此所谓：

> 朝辞白帝彩云间，千里江陵一日还。
>
> 两岸猿声啼不住，轻舟已过万重山。

重获自由，令我转悲为喜——我想，或许是上天于心不忍，又或许是我命不该绝，总之大难不死，必有后福。大唐，我李白又回来了，等我!

然而，我高兴归高兴，此时朝廷方面，并不轻松。

几乎在我被赦免的同时，身在范阳的史思明，果真如张镐所言，再次反叛，亲率十三万大军南下，援助被困邺城的安庆绪。由于叛军来势汹汹，唐军毫无防备，加之宦官鱼朝恩在前线胡乱指挥，致使人数占优的唐军遭遇惨败，狼狈溃散。

再后来，史思明率军进入邺城，以弑父之名诛杀了安庆绪，自己做了伪燕新皇帝。

谒李光弼

唐军邺城惨败，鱼朝恩把责任都推到了郭子仪的头上，致使郭子仪被肃宗剥夺兵权。而接替他的人是他的老搭档李光弼，两人同为中兴元勋，军事能力亦旗鼓相当。

乾元二年十月，在李光弼的指挥下，唐军退守河阳三城，诱敌深入，歼灭叛军数万众，致使叛军行动受阻。由此，唐军再次转守为攻，前线的紧张形势得到缓解。

肃宗闻之大喜，在第二年，即上元元年（760年）正月，正式加授李光弼为太尉兼中书令，总揽朝中军政事务，全权负责前线平叛事宜。

那时候，我已从白帝城返回庐山半年有余，本打算就此与宗琰隐居终老，谁知李阳冰却在此时突然出现，打破了我们原本宁静祥和的生活——这些年，李阳冰在前线几经辗转，数次死里逃生，目前正在李光弼的帐下效力。

"你可把我害苦了。"我说。

"你的事情，我都知道了，过去的就让它过去吧。如今平叛胜利在即，我这次是带着太尉大人的军令，前来请你再次出山的。"李阳冰说道。

"怎么，太尉也知道我李白？"我问。

"你是大唐的诗仙，天下何人不知，他还盼你上前线写诗，鼓士气，壮军威呢。"

"难得太尉有心，助我李白建功立业，那我岂能辜负！"说完，我豪情激荡，转身向宗琰言道："夫人，快取我的易水剑来，我这就随叔父上路。"

"叔父，还是算了吧，夫子已经答应与我留在庐山修道了。"宗琰看了看我，说道。

是的，宗琰的话，让我冷静了下来，也最终使我拒绝了此次出山的请求。

看着李阳冰独自下山的背影，我忽然涌出无限伤感与不舍，因为我知道，对于已然老病的我来说，这或许是我人生中最后一次建功立业的机会了。

宗琰仙去

上元二年（761年）三月，史思明与他的老搭档安禄山一样，被自己的亲生儿子杀害。不久，弑父夺位的史朝义在洛阳称帝，手下诸将皆不服，叛军再次陷入内乱。

也是在那个时候，宗琰的身体开始一天不如一天。

或者说，从我被抓进浔阳大狱那天，她的身体就已经垮了——作为曾经的相府千金，放着锦衣玉食不要，这些年为了我的事情，她四处奔走，早已心力交瘁，形神枯槁。

应该说，宗琰是我最对不起的人。一路走来，我既没能成为她眼中想要的神仙眷侣，也没能成为我自己心中向往的王公卿相——是的，似乎曾经真心待我的女人，都没得到什么好下场，怎么看，我都是个彻头彻尾的失败者。

如果说此前，是因为要等我从夜郎归来，宗琰还能一直强撑着病体，那么如今，我已经平安回到她的身边，她终于不再有什么牵挂，于那年初秋，羽化登仙去了。

宗琰一生笃信道教，去世的时候，只有我和腾空道姑二人陪着她。我们一起在庐山上为她念诵了两天两夜的经文，只愿她能往生天界，得成大道。

或许是看透了世道的虚幻，又或许是深知我的天性，致使宗琰后来一再反对我入仕。而在此之前，裴旻、元丹丘、吴筠都曾对我说过类似的话，我都不以为然。但在经历了浔阳入狱与流放夜郎之后，我的心境似乎已产生了微妙的改变。

我在想，我这一生为功名奔波劳碌，却屡屡受挫，众人只看到了我的洒脱，却不明白我面向权贵时的无奈，历经一世蹉跎，所谓建功立业，所谓功成名就，依旧如海市蜃楼般可望而不可即，做了那么多的梦，也不过是竹篮打水一场空。

"难道是我错了吗？"我问腾空道姑。

"先生秉承天道，却明知不可为而为之，何错之有？"道姑反问。

王维杜甫

上元二年的八月，我辞别了腾空道姑，独自前往金陵散心去了。

那是我年轻时最喜欢去的城市之一，如今故地重游，昔日旧友多已离散，唯有泾县汪伦与被贬此地的贾至等人作陪，冷清孤独之感，遂油然而生。

正是从贾至那里，我得知王维不久前去世的消息。作为我的同龄人，王维一生自视甚高，被时人称为"一代文宗"。安史之乱中，我们都站错了队，结局却完全不同——我被长流夜郎，而他啥事没有，最后还一路升官，做到了尚书右丞——真是人比人，气死人呐，还好他死在了我的前头，总算是让我找回了一点心理安慰。

贾至还告诉我，杜甫辞官去成都投奔严武的事情，说他如何在朝堂上谏言顶撞肃宗，如何拖家带口为生活四处奔波，又如何在亲历了中原的战火纷飞后，却依旧心系苍生社稷，一路上颠沛流离，还不忘写诗为战乱中的百姓鸣不平——是的，子美还是老样子，一如既往的热诚与执拗，他才是那个"明知不可为而为之"的人。

"安得广厦千万间，大庇天下寒士俱欢颜。"贾至忽然念起杜甫在成都草堂写的诗，因为此诗心系苍生，感情真挚，透露着大悲悯，刚写出来没多久便传遍了大唐。

"杜子美真是语不惊人死不休啊。"我感叹道。

此后，我与汪伦、贾至二人，结伴同游金陵。这里有长江天堑保护，战火尚未染指，只见街市上亭台楼阁依旧，灯红酒绿处，人群熙攘繁盛，恍惚回到开元天宝年间。

望敬亭山

凤凰台上凤凰游，凤去台空江自流。

上元二年（762年）的冬天，游览完金陵凤凰台后，我风寒复发，加之过量饮酒，大病了一场。待病情好转后，我自感大限临近，遂再次前往当涂找李阳冰。

此时，李阳冰已是我在这世上为数不多的亲人了。此次战乱，他跟随李光弼平叛有功，原本应加官晋爵，却拜辞不受，甘愿回家颐养天年，倒颇有些功成身退的意思，与我的脾气对头。为此，我决定将生平所留存的诗稿，悉数托付给他。

我想，我这一生居无定所，屡退屡进，却终究一事无成。

我既不是一个好儿子，也不是一个好父亲，更不是一个好丈夫，但这些诗稿或许可以成为一个见证——曾经的繁华盛世，我李白来过，活过，爱过。

终而，到第二年暮秋，唐军又重新收复了东都洛阳，史朝义率领着残兵败将，北渡黄河，一路狼狈逃回了范阳老巢，众叛亲离，离覆灭之日不远了。

听闻这个消息，我一度略感欣慰，但转念一想，似乎又觉得谁胜谁负，已经跟我没什么关系了——所谓扶摇直上，封侯拜相，都随风去吧，我既不是司马相如，也不是江左谢安。

我就是我，千古无二的李白，李太白。

在一个阳光明媚的清晨，我独自走上了敬亭山，一个人在山顶的石头上坐了很久，我望着天上，众鸟高飞，白云朵朵，忽然感到无比的满足。

这种满足，当年父亲驾车带我回蜀地时有过，年少跟赵蕤学艺时有过，第一次出蜀时有过，奉诏入长安时有过，在碎叶，在绵州，在安州，在东鲁，在宋州，在洛阳，在金陵，在扬州，在江夏，在白帝城，在终南山、嵩山、泰山、庐山、敬亭山……都有过。

那便是我遇见的每一座山，每一条河，每一处城市与村落，乃至每一个人。

后　记

一次时间深处的壮游

1

故事的缘起，是在 2017 年的夏天。

那时，我刚完成人生的一次"壮游"，从深圳坐火车，一路北上，至西安，后继续西行，经甘肃、青海，最终抵达了西藏拉萨。沿途的雪山、戈壁，还有成群的藏羚羊，令我动容。我还记得某天清晨，当我从火车上醒来，抬头忽见窗外飘起的雪花，我的第一反应竟是岑参的一句诗："北风卷地白草折，胡天八月即飞雪。"——果然，古人诚不欺我。

是的，由唐至今，往事越千年，但古人的心，与我们仍旧相通。

有鉴于此，出于对唐人精神的推崇，抑或对大西北风光的念念不忘，从西藏回来后，我便萌发了写作"盛唐"的念头，这也是全书开头，天竺高僧善无畏来长安传法的由来——唐人以其自由、包容的胸襟与热情，诠释了真正的"盛唐气度"。

说到"盛唐气度",在诗人身上表现得尤为明显。终唐一代，仅《全唐诗》收录的诗人就超过 2500 人，说唐是诗的时代，也毫不为过。

至于盛唐，因其社会相对稳定繁荣，加之相对宽松的文化氛围，一群才气纵横的诗人带着大雁塔的余晖，在长安的庙堂与江湖山水之间游走。

他们随手写下的诗句，至今仍在被我们传唱。

2

唐人也喜欢"壮游"，杜甫有过，李白有过，王维也有过。那是对世界与远方的探寻，也是对自我生命的求索。更巧合的是，诗人的探寻与求索，正好与时代的呼吸同步——开拓进取的大唐，需要诗人的豪情，更需要他们的脚步，来丈量帝国的疆界与人心。

其中，尤以李白的旅行最为知名，即所谓"五岳寻仙不辞远，一生好入名山游"。

正是在旅行的途中，李白为我们写下了那些耳熟能详的诗歌。景语即情语，尽管这些诗歌的创作动机与目的各不相同，或为借景抒怀，甚或为干谒权贵，但都无关紧要——因为最终让我们记住的，不过是诗句中留存下来的，最真挚与最纯然的情感。

然，胜地不常，盛筵难再。历史的吊诡之处就在于，很多事情看似偶尔，实则却是必然——和平年代，诗人是大唐的荣耀与脸面，当战争来临，他们又各自遭逢突兀的命运。

从暗流涌动的朝堂，到幅员辽阔的边疆，士人与武人，贵族与寒门，各种矛盾交织在一起，终成滔天巨浪，从北方汹涌而来，个人渺小如尘埃——天宝十四载（755年）的冬天，安禄山的一把大火，让盛世转瞬沦为幻影，我们的故事也因之而起。

3

从起心动念，到真正落笔，期间又掠去三四年的光阴。

李白说："夫天地者，万物之逆旅也，光阴者，百代之过客也。而浮生若梦，为欢几何？"在这三四年里，如你所见，我们所生活的当下世界，已然发生了深刻的变化，常常给人以恍如隔世之感。而我之所以迟迟不肯落笔，一是自觉自身积累尚有欠缺，二是时局的变化，让我并不急于写作，加之忙于日常琐事，故而一再延后。

期间，我也阅读了一些相关著述，包括莫砺锋《杜甫评传》、袁灿兴《大唐之变》、郭建龙《盛世的崩塌》、哈金《李白传》、何大草《春山》等，他们或多或少，从不同层面上，给予了我写作此书的启发。

2021年春末，从洛阳旅行归来后，我脑海中的故事终于再次浮现。

站在高耸的应天门外，看着广场上满是身着唐风汉服的年轻人，他们或放肆高谈阔论，或尽情游乐嬉戏，竟让我有一刹那的恍惚，如同时空穿越一般，回到那个遥远的年代。

是的，原来仍有那么多的人，与我一样，深爱着我们的传统与文化，我们在历史中漫步，是为更好地前行，承前启后，方能开创新的未来。我知道，我的写作是有意义的。

4

司马光有言："若问古今兴废事，请君只看洛阳城。"正是在洛阳，他完成了《资治通鉴》的编撰工作，前后历时十余年。与司马光一样，我也喜欢洛阳，我一直觉得它是一座可以与长安比肩的城市，且"居于天下之中"，是盛唐的另一个象征。

在洛阳龙门，伊水河畔，我与那尊著名的卢舍那大佛，隔河相望良久，这残缺的佛像是历经千年风霜的伟大艺术品，她见证过盛大与辉煌，也目睹过苦难与不幸，但她的神情始终平静，像伊水一样平静。

在伊水两岸，还保留着许多唐代达官显贵的墓冢，只是大多已荒废，但也有例外，比如白居易，他的墓园至今仍旧枝繁叶茂，游人如织，甚至连日韩友人也都慕名前来祭拜，并为他树碑铭文，这既与那些荒废墓冢形成了鲜明对比，同时也反映出唐文化影响之深远，早已远播海外。可以想见，一千多年前的大唐，无数国际友人往返于洛阳与长安之间，和诗人们诗酒唱和，交通贸易，谈佛论道，并行不悖，该是何等奇遇的场面。

想到这些，我便想起自己的过去，想起那些"相逢意气为君饮"的青春片段，想起曾经一起写诗，一起去远方旅行的朋友，我为此感到无比的满足——我想，那就是属于我的"盛唐"。

5

回到本书，作为一本历史小说，除了历史与诗人本身，隐藏在历史背后的人性与人心，乃是我最想探讨的东西之一——面对时代的巨变，就个人命运而言，应当如何抉择？书中有三位主人公，他们分别从各自视角，给予了我们三种不同的答案。

安史之乱发生前后，风云变幻，几乎波及了我们所熟知的每一位盛唐名人，如同梦醒的前夜，所有人酒热正酣，歌舞升平，忽然就马蹄飞溅，烟尘四起，梦魇降临，盛世戛然而止——极具戏剧性与表现张力，也因而成为历代文人都十分热衷表现的创作题材。

那么，面对着众多前人与今人的著述，我为什么仍要写这个故事？

古往今来，凡讲历史，无不从帝王将相讲起，未免过于高居庙堂，宏大叙事，即梁启超先生所谓"二十四史非史也，二十四姓之家谱而已"。我以诗人之视角，躬身入局，旨在从更细微之处，察觉时代大变局下，人性与人心的幽暗与光芒。

诗人之所以为诗人，正在于其纯然的赤子之心，不会因时间与地位的变化而发生改变。这也正是我所想表达的——盛世与乱世的两极体验，从璀璨的明星到乱世中的浮萍，无论身居何处，仍有一些东西值得我们去坚守与呵护。

6

最后，历史重在叙事，小说重在人物。

王维、杜甫、李白作为盛唐最"著名"的三个诗人，他们的生平事迹，我们并不陌生，只是我们很少会将诗人的个人生平代入时代的大变局中，其间的化学反应也是阅读此书的一大乐趣所在，如果读者能从中读到与通常认知有所不同的诗人形象，那将是我莫大的荣幸。

此时，距离小说初稿完成，已一年有余，距离我从拉萨回到深圳，已六年有余，当我再次翻阅这个故事，当初写作的情景却仍历历在目，这对我来说，无异于又一次"壮游"——这些年我又去了很多地方，经历了很多事情，思绪也有了一些新的改变，然而，我却觉得与故事中的诗人们愈加亲近，我从未忘记过他们，就像他们也从未忘记过你我。

王子安有诗云："海内存知己，天涯若比邻。"

愿每个人都能从这跌宕的故事中，读出温情，从无言的历史中，看见自己。

也愿每个人的心中，都能留有一片盛唐的月光，照亮各自的前程与向往。

2023.8.17，午后，深圳